蒙塔巴诺警长探案系列

蒙塔巴诺警长探案系列

蒙塔巴诺警长探案系列

丁达利之旅

[意]安德烈亚·卡米莱里 著

张 莉 译

LA GITA A TINDARI

Andrea Camilleri

新华出版社

图书在版编目（CIP）数据

丁达利之旅 / (意) 安德烈亚·卡米莱里著；张莉译.
-- 北京：新华出版社，2017.12（蒙塔巴诺警长探案系列）
ISBN 978-7-5166-3715-9

Ⅰ.①丁… Ⅱ.①安… ②张… Ⅲ.①长篇小说 - 意大利 - 现代
Ⅳ.①I546.45

中国版本图书馆CIP数据核字（2017）第294542号

著作权合同登记号：01-2016-2576

La gita a Tindari by Andrea Camilleri
Copyright © 2000 by Sellerio Editore, Palermo
Simplified Chinese edition copyright © 2018 by Xinhua Publishing House
All Rights Reserved
本书中文简体字专有出版权属新华出版社

丁达利之旅

［意］安德烈亚·卡米莱里　著　　张　莉　译

选题策划：黄绪国	责任印制：廖成华
责任编辑：王金英	封面设计：李尘工作室

出版发行：新华出版社
地　　址：北京石景山区京原路8号　邮　　编：100040
网　　址：http://www.xinhuapub.com
经　　销：新华书店、新华出版社天猫旗舰店、京东旗舰店及各大网店
购书热线：010 - 63077122　中国新闻书店购书热线：010 - 63072012

照　　排：臻美书装
印　　刷：三河市君旺印务有限公司

成品尺寸：130mm×185mm　1/32
印　　张：7.75　　　　　　字　　数：160千字
版　　次：2018年4月第一版　印　　次：2018年4月第一次印刷

书　　号：ISBN 978-7-5166-3715-9
定　　价：36.00元

版权专有，侵权必究。如有质量问题，请与出版社联系调换：010-63077101

1

他意识到自己醒了——头脑运转灵活，脱离了睡梦中荒谬的迷宫，听到海水有节奏的拍打声。黎明前的微风透过敞开的窗户吹进来。但他还是固执地闭着眼睛，因为他知道，只要一睁开眼，身体内沸腾的恶劣情绪就会爆发出来，让他说出或做出什么后悔的事情来。

沙滩上的口哨声传到了他耳朵里。这时肯定有维加塔人已经步行去上班了。是熟悉的曲调，但他想不起歌名或歌词。但又有什么关系呢？他自己从没吹响过口哨。

上警校的时候，一位米兰兄弟给他唱过低俗小调，那歌声一直留在他的记忆里。因为不会吹口哨，他小时候受了不少同学欺负。他们都是吹口哨的能手，会吹牧羊人、海员、登山家、各式稀奇古怪的口哨。同学！就是同学毁了他的睡眠！上床睡觉前，他看到报纸上写着卡洛·米利泰洛被任命为西西里第二大银行行长。之后他就忆起了当年的同窗。卡洛那家伙还不到五十岁啊。新闻表达了对新任行长的衷心祝愿，还刊登了一张他的照片：他戴着一副金框眼镜，身着设计师定制的西装和一件无可挑剔的衬衫，打着一条精致的领带。他是成功人士，维护秩序的人，一个价值（既包括股市价值，又包括家庭、国家和自由的价值）的维护者。蒙塔巴诺记得清清楚楚，他不只是小学同学，更是六八风潮的同志！

勒死人民公敌！就用他们自己的领带！抢银行有理！

卡洛·米利泰洛当时总是一副大元帅的样子，而且喜欢用恶毒的语言攻击对手，于是得了个"卡洛·马尔泰洛"（意大利语的"查理·马特"，法兰克王国宫相）的绰号。他可是最固执、最死板的人。马尔泰洛强迫所有人戒烟，以免便宜了国家垄断的烟草公司，是的，这一点深得民心。

"国家"给他们带来了无数噩梦，让他们像红斗篷前的公牛一样狂怒不已。对那段日子，蒙塔巴诺印象最深的是帕索里尼的一首诗。这首诗，维护警方，谴责学生。他所有的朋友都嗤之以鼻，然而他，蒙塔巴诺，却想为它说句话——"但这首诗确实很美啊"。如果他们没有拉住他，卡洛·马尔泰洛可能会用铁拳打断自己的鼻子。那首诗为什么没有让自己难受呢？他预料到自己未来会成为诗中那样的警察了吗？无论如何，多年以来，他的朋友们，那些六八风潮的同志，都变得"理性"了。而且凭借着理性的力量，他们抽象的怒火已经转化为具体的默许。而现在，除了那个因为一桩既非他亲手犯下、亦非幕后指使的所谓罪行被判十年以上有期徒刑的"光荣"烈士，还有一个不明不白意外死亡的人以外，其他人都过得不错。他们左右跳槽，报纸主编、电视制片人、政府高级官员、参议员、商会代表等等，五花八门。既然无力改变社会，他们就改变了自己。他们或许从来就不需要改变，因为在1968年，他们只是一直穿戴着革命者的服装和面具在演戏罢了。

卡洛·"马尔泰洛"·米利泰洛当上行长让蒙塔巴诺很不好受，因为这件事触发了他的另外一个想法，一个最令人困扰的想法。

　　难道你跟你批判的这些人不也是一路的吗？难道你不是在为自己18岁的时候激烈反抗的国家服务吗？又或者你仅仅是出于嫉妒的抱怨吗？因为你收入微薄，而他们能赚几十亿美元？

　　一阵大风吹得百叶窗咯咯作响。不，他不能去关窗，即使是上帝的命令也不行。法齐奥总是因为这个来烦他。

　　"头儿，请原谅我这么说，但是您真的是在自找麻烦。您不仅一个人住在独栋里，晚上还开着窗户！如果有人想害您，或者外面有人想进来，随便什么时候，什么方式都可以。"

　　另外一个麻烦是利维娅。

　　"不行，萨尔沃，晚上不行！"

　　"你不是在鹿嘴村也开着窗户睡觉吗？"

　　"那又有什么关系呢？首先，我是住在三楼。另外，鹿嘴村也不像这里有这么多盗贼。"

　　某天晚上，利维娅很沮丧地给他打电话，说鹿嘴村的夜贼趁她外出洗劫了公寓。他对热那亚的盗贼表示了无声感谢，然后努力表达了沮丧之情，尽管出于他们的情谊，他应该更沉痛一些的。

　　电话响了。他的第一反应是把眼睛闭得更紧，然而并没用。众所周知，视觉和听觉是不一样的。他应该塞住耳朵，但他更喜欢将头埋在枕头下面。两件事他都没做。模糊遥远的电话铃声仍在继续。他咒骂着起了床，走到另一个房间，拿起了听筒。

　　"我是蒙塔巴诺。我应该说'你好'，但我不说，因为我还没准备好。"

电话另一端是长时间的沉默，然后是挂断声。干完这件不友好的事以后，现在要做什么呢？躺回床上，继续为新任银行行长烦恼？要不穿上泳衣在冷水中好好游个泳？他选择了第二个方案。游泳也许能使他冷静下来。他跳进水里，立马就冻僵了，几乎不能动弹。他脑子是不是曾经想过，这种运动到五十岁就不再适宜了？冒险的年纪结束了？垂头丧气地回到屋里，隔着三十英尺外他就听到了电话响。他只能选择接受现实。首先，他接通了电话。

"我是法齐奥。"

"跟我说说吧。十五分钟前是你打的电话吗？"

"不是，头儿，是坎塔雷拉。他说你当时并没有准备好说'你好'。所以待了一会儿，我就自己打过来了。这会儿准备好了吗，头儿？"

"你怎么一早起来就这么搞笑，法齐奥？你在办公室吗？"

"没有，头儿。有人被杀了。嗞！"

"嗞？这什么意思？"

"枪杀。"

"不是的。手枪是砰的一声，短猎枪是轰的一声，机关枪是哒哒哒，而匕首是呲的一声。"

"那就是砰的一声，头儿。只有一枪，打在脸上。"

"你在哪儿？"

"犯罪现场。加富尔路 44 号。你知道在哪儿吗？"

"嗯，我知道。人是在家被杀的吗？"

"他当时是在回家的路上,正要把钥匙插进前门。他四肢着地,正躺在人行道上。"

※

一起谋杀适逢其时。这么说可以吗?不,不能。死亡终究是死亡。虽然如此,在开车去加富尔路44号的路上,蒙塔巴诺觉得他的坏心情已经过去,这是一个无可争议的事实。参与调查能帮他赶走刚睡醒时纠缠他的阴暗念头。

赶到那里他需要挤过好大一群人。像被粪便吸引的苍蝇一样,虽然天还没亮,一群兴奋的男男女女阻塞了街道,甚至还有一位怀抱婴儿的少妇。那小东西瞪着大眼睛盯着现场,母亲则正给他把尿。

"所有人都离开!"

只有少数人马上散开了,其他人不得不由加鲁佐强行推走。但还是能听到呻吟声,一种持续的呜咽。那是一个五十岁上下的女人,一身黑衣,两个男人扶着她,以防她扑在人行道上的死尸上。尸体肚皮朝上,两眼之间的枪伤使脸部面目全非。

"把那个女人弄走。"

"但她是死者的母亲,头儿。"

"她可以回家去哭,在这里只会碍事。谁通知的她?她听到枪声就跑来了吗?"

"不是的,头儿。她不可能听到枪响,因为她住在西西里安纳自治街区12号。很明显是有人通知了她。"

"她恰好就坐在那里,穿着黑裙子?"

"她是寡妇，头儿。"

"好吧，友善些，但要让她离开。"

每当蒙塔巴诺用这种方式说话，就没有商量的余地了。法齐奥走近两个男人，向他们嘀咕了些什么，然后他们就把女人拖走了。

帕斯夸诺医生正蹲在地上检查受害者的头部，警长走到他身旁。

"还好吗？"他问道。

"一点都不好。"帕斯夸诺医生答道。他继续说道，比蒙塔巴诺更粗鲁："我真的需要解释发生了什么吗？他们打了他一枪，正中靶心，打在前额中央，后脑头盖骨出口性创伤。看到那些小血块了吗？那是他大脑的一部分。满意了吗？"

"在你看来，案发时间是什么时候？"

"几个小时以前，大概凌晨四五点钟。"

不远处，新任首席法医万尼·阿克正在检查一块再普通不过的石头，仿佛那是新出土的旧石器遗物，而他是一名考古学家。蒙塔巴诺不喜欢阿克，阿克显然也不喜欢他。

"他们是用那个杀的他吗？"警长指着石头问道，一脸天使般的纯洁。

万尼·阿克鄙弃地看着他，完全不加掩饰。

"别傻了！凶器是把枪。"

"你发现子弹了吗？"

"是的。子弹最终打进了木制前门，门还关着。"

"那弹壳呢？"

"警长先生，听着，我不需要回答你的问题。这个案件由机动小组队长负责，这是局长的命令，你只是配合调查。"

"你认为我在做什么？你觉得我不是在配合吗？"

还没见到检察官托马塞奥。他们需要等他来才能挪动受害人尸体。

"法齐奥，奥杰洛警长怎么没在这里？"

"他在来的路上。他昨晚跟朋友一起在费拉。我们打了他的手机。"

费拉？那他赶到维加塔需要一个小时。他现在会是什么状态！累得要命，一夜没睡！朋友，是啊！他没准跟一个老公在外鬼混的女人共度良宵了呢。加鲁佐跑了过来。

"托马塞奥刚刚打电话过来，问能不能派辆车去接他。他在蒙特鲁萨外约三公里的地方撞到电线杆子上了。我们该怎么做？"

"去接他吧。"

尼科洛·托马塞奥很少能自己开车到达想去的地方。他开车就跟吸了毒的狗一样。警长不想等他了，前去看了眼尸体。

死者是个二十岁的小伙子，穿着牛仔裤和运动外套，梳着马尾辫，戴着耳环。脚上的鞋一定花了不少钱。

"法齐奥，我要去办公室了。你等检察官和机动小组队长吧，再见。"

※

他决定不去办公室，改道海港。他把车停在码头，然后缓缓步行，沿着东码头，一小步一小步，朝灯塔走去。太阳高高升起，成了亮红色，地平线上有三个黑点，是回岸晚了些的机动拖网渔船。他张大嘴深吸了一口气。他喜欢维加塔港口的味道。

你在说些什么啊？所有的港口都有一股相同的恶臭，利维娅这么跟他说过。

不是这样的。每个港口都有不同的味道。维加塔港潮湿的绳索、阳光下晒干的渔网、碘、腐烂的鱼、死去和活着的藻类，还有焦油的气味结合在一起，数量比例完美。背景里还有一点点机油的味道。这个味道是无与伦比的。到达灯塔下的平岩前，他俯下身，捡起了一把鹅卵石。

走到岩石那儿，他坐了下来。两眼凝望着海水，感觉看到卡洛·马尔泰洛的脸隐约出现在面前。他愤怒地把一把鹅卵石扔了过去，那影像解体，闪烁，然后消失了。蒙塔巴诺点着了一根烟。

※

"啊，头儿，头儿，头儿！"他一进总部的前门，坎塔雷拉就缠了上来。"拉特斯博士打过三次电话了。他想跟您当面谈谈，还说这事真的非常紧急。"

他能猜到是哪个拉特斯，总局的办公室主任，因为一惊一乍、虚情假意得了个"拿铁咖啡"的外号。

卢卡·博内蒂·阿德里奇局长向来直率严苛。蒙塔巴诺从来不把这位上司放在眼里。但他的视线稍微往上移了移，想象着局长是一只柑橘；局长头发很厚，头顶尤甚，缠绕在一起，就像在野地里拉出来的野屎。

局长注意到警长转移了视线，误认为自己终于在下属面前有了威慑力。

"蒙塔巴诺，新任机动小队队长埃内斯托·格瑞巴多到了，我要告诉你而且只说一次，从现在起，你只负责协助调查。你的部门只处理小事情，大事让格瑞巴多队长，或者他的副手指挥，由机动小组负责。"

埃内斯托·格瑞巴多是一个活着的传奇。他曾经检查过一个人的胸部，这个人是被卡拉什尼科夫冲锋枪杀害的，他竟然宣布受害者死于连续急刺。

"不好意思，局长先生，你能给我举几个例子吗？"

蒙塔巴诺在他对面站起身来，微微前倾，嘴角挂着谦逊的微笑，卢卡·博内蒂·阿德里奇这时露出了骄傲而又满意的笑容。事实上，警长的语气近乎恳求了。卢卡局长把他掌控在了自己手中！

"说清楚点吧，蒙塔巴诺。你是指什么类型的例子？"

"我想知道，我怎么确定什么是小事，什么又是大事。"

蒙塔巴诺同时也在祝贺自己。他正模仿着保罗·维拉乔饰演的凡托齐，那真是不朽的杰作！一切出奇顺利。

"这算什么问题，蒙塔巴诺！小偷小摸、家庭吵架、小打小闹的毒品交易、打架斗殴、查移民身份证是小事，谋杀是大事。"

"介意我做一下笔记吗？"蒙塔巴诺问道，从口袋里拿出了一张纸和一支笔。

局长困惑地看着他。警长一下子觉得害怕，觉得玩笑开得太过了，可能局长明白过来了。

但并没有，局长鄙弃地皱着眉头。"请便。"

现在轮到拉特斯重申局长的明确命令。杀人案不在他的职权范围内，归机动小组管。蒙塔巴诺给办公室主任拨了电话。

"蒙塔巴诺，老朋友！你好吗？啊，家里人好吗？"

家人？他是个孤儿，而且没结婚。

"他们都很好，谢谢。你呢？"

"都很好，谢天谢地。听着，蒙塔巴诺，针对发生在维加塔的杀人案，局长……"

"我已经知道了，拉特斯博士。这不关我的事。"

"不是这样的！谁这么说过？事实上，我给你打电话是因为局长想让你接下这桩案子。"

蒙塔巴诺感到有点震惊。这是什么意思？

他甚至连受害者的基本信息都不知道。想打赌那孩子是某个大人物的儿子吗？这个案子特别棘手吗？这不是个烫手的山芋，是发着光的火把。

"不好意思，拉特斯博士，我当时在犯罪现场，但没有做任何调查。你能理解吧，我不……"

"我当然能够理解，蒙塔巴诺！局里有一些特别敏感的人，感谢上帝！"

"格瑞巴多队长为什么没有参与？"

"你不知道吗？"

"我什么也不知道。"

"啊，格瑞巴多队长要去贝鲁特参加重要会议，是关于……"

"我知道，他在贝鲁特被挟持了吗？"

"不，不，他回来了，但他一回来就染上了严重的痢疾。我们担心可能是某种霍乱，要知道，这种病在那些地方太常见了。谢天谢地，最终证明并不是。"

蒙塔巴诺真诚地感谢圣母玛利亚，让格瑞巴多寸步不离马桶。

"那他的副手福蒂中尉呢？"

"他在纽约参加鲁迪·朱利安尼市长组织的一个会议，你知道的，他是零容忍市长。会上探讨维持大都市秩序的最佳方略。"

"不是两天前就结束了吗？"

"是的，当然，但那之后，福蒂中尉决定在曼哈顿岛调研一下，结果被偷他钱包的劫匪打中了腿。他现在在医院里，谢天谢地，伤势不是很严重。"

※

法齐奥十点之后才露面。

"为什么来得这么晚，法齐奥？"

"头儿，拜托，我不想听那个，首先我们必须等助理检察官，然后……"

"等等，解释一下。"

法齐奥仰头望天，不得不从头讲起，回到那天早上的紧张激动中去。

"好的，加鲁佐那天去接托马塞奥，因为他当时把车撞到树上了。"

"不是一根电线杆吗？"

"不是的，头儿。他以为是电线杆，其实是棵树。长话短说，托马塞奥前额受伤，还流了血。加鲁佐把他送进蒙特鲁萨医院的急诊室。托马塞奥当时头疼，在急诊室打电话找人替他的班。但时间还早，办公室没人，于是，托马塞奥打了同事尼科特拉法官家里的电话。我们不得不等着尼科特拉法官穿衣服，吃早饭，然后开车赶到犯罪现场。与此同时，格瑞巴多队长仍渺无音讯，他的副手也是一样。等救护车终于来了，尸体被抬走，我又等了机动小组十分钟，看到没有人来，就离开了。我想，如果格瑞巴多队长需要我的话，大可以到这里来找我。"

"关于这起谋杀案你有什么发现？"

"头儿，恕我直言，你他妈的关心什么呢？这是他们的事儿！"

"法齐奥，格瑞巴多不会来了，他正躲在某个厕所里吓破了胆。福蒂在纽约中枪了。拉特斯打电话告诉我了，这个案子是我们的了。"

法齐奥坐了下来，满足感让他的眼睛闪闪发光。他立马从口袋里扯出一张写着一行小字的纸来，开始念。

"埃马努埃莱·圣菲利波，也叫内恩，是杰兰多·圣菲利波和纳塔利纳·帕特的儿子。"

"够了！"蒙塔巴诺说。

他被法齐奥的"档案室情结"激怒了，但最烦人的是他的副手宣读出生年月、亲属关系、婚姻状况等等时所用的语调。法齐奥马上就明白了。

"对不起，头儿。我就是提醒一下。"他义正词严地说，但没有把那张纸放回兜里。

"圣菲利波多大了？"

"21岁零3个月。"

"他吸毒吗，贩毒吗？"

"不。"

"有工作吗？"

"没有。"

"他住在加富尔路吗？"

"是的。三楼的公寓，有客厅、两个卧室、浴室和厨房。他自己一个人住。"

"他是租的还是买的？"

"租的。每月租金八十万里拉。"

"他妈妈付租金？"

"他妈妈？她身无分文，头儿。靠每月五十万的抚恤金过活。照我看，事情是这样的，大约凌晨四点钟，内恩·圣菲利波把车停在大门前，跨过马路，然后……"

"什么样的车？"

"一辆菲亚特朋多。但他车库里还有一辆迪埃托敞篷跑车。了解情况了吗？"

"不义之财？"

"我觉得是。您应该看看他公寓里都有什么。所有的新潮物件都有，电视机、屋顶天线、信号接收器、电脑、录像机、摄录机、传真机、冰箱……我都没仔细看。录影带、磁盘、电脑、光盘等等，都必须好好检查一下。"

"有米米的消息吗？"

法齐奥完全沉浸在案情中，这时有点晕头转向。

"谁？哦，对。奥杰洛警长？助理检察官的助理露面后不久，他就出现了。四处看了一下就走了。"

"知道去哪儿了吗？"

"不知道。不管怎么样，正如我所说的，内恩·圣菲利波把钥匙插进锁里，恰在那时，有人喊了他的名字。"

"你怎么知道这个的呢？"

"因为他是脸部中枪，头儿。听到有人喊他，圣菲利波转过身，并向喊他的人走了几步。请注意，整个过程发生得非常快，因为他把钥匙落在了锁上。"

"有打斗吗？"

"显然没有。"

"你看了钥匙吗？"

"共有五把。两把是加富尔路住处的大门和公寓门的，另外两把是他妈妈家的大门和公寓门的。第五把是一把最新潮的高级钥匙，锁匠说这把钥匙根本不可能复制，不知道是什么门的。"

"这个圣菲利波真是个有趣的小伙子。有目击者吗？"

法齐奥笑了。"你在开玩笑吗，头儿？"

2

他们被大厅中的激烈喊叫打断了，感觉那里聚集了一堆人。

"过去看一下。"

法齐奥走出去，外面平静下来，几分钟后他回来了。

"坎塔雷拉不放人，那人恼了，一定要找你说话。"

"让他等等。"

"他看起来很激动，头儿。"

"那我们不妨听他说说。"

进来一个大约四十岁、戴着眼镜的男人，衣着整洁，梳着偏分头，一副受人尊重的公务员打扮。

"感谢您同意见我。您是蒙塔巴诺警长对吗？我叫达维德·格利佛，我要为刚才的喧哗道歉，但是我听不懂那个警官在跟我说什么，他是外国人吗？"

蒙塔巴诺不想回答这个问题。"我听着呢。"

"好的，我家住墨西拿，在市政厅工作，已婚。父母住在维加塔，我是独生子。我很担心他们。"

"为什么？"

"每周三和周日晚上，我会从墨西拿给他们打两次电话。两天前的晚上，也就是上周日，他们没有接电话，至今都没有他们的消息。我简直度日如年，最后妻子建议我开车回维加塔。昨天我给门房打了电话，问她有没有我父母公寓的钥匙，她说没有。因此，我妻子让我找您帮忙，她在电视上见过您好几次了。"

"你想要报案吗？"

"首先，我希望得到破门授权……"他的嗓音突然开始变化。"他们可能出大事了，警长。"

"好，法齐奥，帮我把加洛喊过来。"

法齐奥出了门，一会带着同事过来了。

"加洛，跟着这位先生走。他需要破开父母公寓的门，他从上周起就没有他们的消息了。您刚说他们住在哪儿来着？"

"我还没跟您说呢。加富尔路 44 号。"

蒙塔巴诺目瞪口呆。

"我的天呐！"法齐奥说。

加洛开始剧烈咳嗽，然后走开去找了一杯水喝。

达维德·格利佛现在脸色苍白，被自己说的话产生的影响震惊了，开始环顾四周。"我说什么了吗？"他用微弱的声音问道。

※

法齐奥的车在加富尔路 44 号一停下，达维德·格利佛就立即从车里出来，从正门冲了进去。

"我们从哪儿开始？"法齐奥在警长锁车的时候问道。

"我们从这对失踪老人入手。逝者已逝，等等也没关系。"

在大门口，他们遇到了格利佛，活像是从地狱飞回来的蝙蝠。

"门房说昨晚有人被谋杀了！住在这里的一个人！"

直到那时，他才注意到人行道上用白粉笔勾勒出的内恩·圣菲利波的轮廓。他开始剧烈抖动。

"冷静。"警长把一只手放在他的肩上。

"不，我只是害怕……"

"格利佛先生，你是不是在想，你的父母可能与杀人有什么关系？"

"你在开玩笑吗？我的父母……"

"那么好的，忘记今天早上楼前有人被杀的事实。进去看看吧。"

门房西西娜·雷库佩罗女士在她那六英尺见方的门房小屋中走来走去，像被关在笼子里发了疯的熊，两条腿交替着摇晃。虽然房间就这么大点空间，但她瘦得皮包骨头，做这样的动作是绰绰有余。

"上帝啊！上帝啊！上帝啊！"

"天呐！这栋楼里发生了什么？究竟是发生了什么？有人给它下咒了吗？马上叫个神父来洒圣水吧。"

蒙塔巴诺抓住她的胳膊，更确切地说，抓住她骨头，强迫她坐下。

"别演了，别画十字了，回答我的问题。你最后一次见到格利佛夫妇是什么时候？"

"上周日早上格利佛太太购物回来的时候。"

"今天周二了，你都没有担心过吗？"

她发怒了。"为什么要担心？他们从来不跟别人讲话！他们怎么那么傲慢！他俩的儿子在，我也不避讳！他们出门，拿着生活用品回来，把自己锁在屋子里，再看到他们就是三天以后了。他们有我的电话号码，如果需要什么可以打电话！"

"有没有发生过什么？"

"什么有没有发生过？"

"他们给你打过电话吗？"

"是的，打过几次。一次是丈夫阿方索先生病了，他妻子去了药店，于是他打电话向我求助。另外一次是洗衣机软管坏了，公寓被水淹了。还有一次……"

"够了，谢谢。你说你没有钥匙？"

"我不是说我没有，我就是没有！去年夏天，他们去墨西拿看儿子的时候，格利佛太太把钥匙留给了我，要我帮忙给阳台上的花浇水。但是，他们把钥匙要回去的时候什么也没说，连句谢谢都没有，就像我是他们的仆人或是什么似的！就这样我还应该担心他们？见鬼，如果我上四楼问他们有什么需要，他们没准会让我滚蛋呢！"

"我们可以上楼了吗？"警长问贴墙靠着的达维德·格利佛，他看起来有点腿软。

他们坐电梯到了四楼。达维德立马冲了出去。法齐奥对着警长耳语。

"每层有四个公寓，内恩·圣菲利波就住在格列佛夫妇楼下。"他说着，一边颔首向达维德示意。后者将整个身子压在17号房门上，疯狂地按着门铃。

"请站到一边。"

达维德像是没听到他说话一样，继续狂按门铃。他们可以听到里面门铃响了，缥缈，毫无用处。法齐奥跨步上前，抓住男人的肩膀，把他拖到了一边。警官从口袋中拿出了一个大的钥匙环，上面挂着十几个不同形状的撬锁工具，是一个不打不成交的小偷朋友给的。他鼓捣那把锁足足有五分钟。锁上不仅安了防松螺栓，还反锁了四圈。

门开了。蒙塔巴诺和法齐奥张开鼻孔闻里面的味道。法齐奥用胳膊拉着想要冲进去的达维德。经过两天的时间，死尸应该开始发出恶臭了。然而并没有，公寓只是闻起来闷热不透气。法齐奥松开手，达维德窜出去，马上大声呼喊："爸！妈！"

一切都井井有条。窗户关着，床是铺好的，厨房很整洁，水槽里没有脏盘子。冰箱里有一包烟熏火腿、一些橄榄、一瓶白葡萄酒。半空的冷冻室里有四片肉和两条胭脂鱼。如果他们真的走了，那应该也是打算很快回来。

"你的父母有什么亲戚吗？"

达维德坐在厨房的椅子上，手扶着头。

"我爸没有，妈妈有。在科米索有个哥哥，在特拉帕尼有个姐姐。"

"你觉得他们有可能去了……"

"不会的，警长先生，不可能。他们已经一个月没跟我父母联系了，他们关系不是很近。"

"所以你完全不知道他们可能去了哪里，是吗？"

"是的，如果我知道的话，我会试着去找他们。"

"你最后一次跟他们说话是在上周四晚上，对吗？"

"是的。"

"他们没说什么可能……"

"什么都没有。"

"你们当时谈了什么？"

"都是日常琐事，健康、孙子……我有两个儿子。大的叫阿方索，六岁，随我爸的名；小的叫乔瓦尼，四岁。我爸妈非常喜欢他们，每次我们来维加塔，他们都给孩子买好多礼物。"

他没有刻意抑制眼泪。

法齐奥巡视了一番公寓，回来耸了耸肩。

"格利佛先生，我们留在这里没有任何意义。我希望很快能有消息通知你。"

"警长先生，我从市政厅请了几天假。我至少可以在维加塔待到明天晚上。"

"我无所谓，你请便。"

"事实上，我的意思是，我今天晚上可以睡在这儿吗？"

蒙塔巴诺想了一下。在餐厅兼起居室有一张小桌子，上面有许多纸。他想在方便的时候仔细检查一下。

"不行，你不可以睡在这里，不好意思。"

"万一有人打电话来呢？"

"谁？你的父母？他们知道家里没人，为什么还要打电话来？"

"不是，我是说，如果有别人打电话，讲关于……的消息。"

"有道理。我立刻安排人看着电话。法齐奥，你来。格利佛先生，我需要一张你父母的照片。"

"我口袋里正好有一张，警长先生。他们去墨西拿的时候我拍的。阿方索和玛格丽塔。"把照片递给蒙塔巴诺时，他啜泣起来。

※

格利佛先生将信将疑地走了，蒙塔巴诺在楼梯平台自言自语起来："五乘以四等于二十，二十减二等于十八。"

"猜中奖号码呢？"法齐奥问道。

"这栋楼共四层，共有二十间公寓，这是显然的，就跟一加一等于二一样。但如果将格利佛和圣菲利波的公寓除外，那就还剩十八间，这意味着，我们有不少于十八个家庭要询问，每家要问两个问题。你们对格利佛一家了解多少？你们对内恩·圣菲利波了解多少？如果米米在这里，还能给我们搭把手。"

说曹操曹操到，就在那时，法齐奥的手机响了。

"是奥杰洛警官，想知道我们是否需要他的帮助。"

蒙塔巴诺的脸气红了。

"告诉他马上过来，如果五分钟内到不了，我打断他的腿。"

法齐奥转达了这个信息。

在等着的时候，警长建议大家一起去喝杯咖啡。

※

他们回到加富尔路时，米米已经在那里等着他们了。法齐奥小心翼翼地走开了。

"米米，"警长开始说，"我对你没招了，我无语了，你脑子里究竟在想些什么？你知不知道，或者说你难道不知道……"

"我知道。"奥杰洛打断了他。

"你究竟知道什么？"

"我知道我应该知道的东西。我整个人乱糟糟的。事实上，我感到很不可思议，很困惑。"

警长的怒气平息下来。米米站在他面前，脸上挂着从未有过的表情，不是平时的不屑一顾。相反，有一些顺从和谦卑。

"米米，你可以告诉我你怎么了吗？"

"晚点再告诉你，萨尔沃。"

蒙塔巴诺正要伸出一只手放在下属的肩膀上安慰，突然一个疑问让他停了下来。如果这个小贱人米米是像他对博内蒂·阿德里奇那样演戏，假装顺从，实际上是为了抬屁股走人呢？奥杰洛长着一张悲剧演员似的扑克脸，完全能做到，甚至还不止呢。怀疑之下，警长忍住了，将注意力转移到格利佛夫妇失踪事件上。

"你负责一二层的房客，法齐奥负责五层和底层，我负责三四层。"

※

三层，12号公寓，孔切塔·罗·马斯科洛，又名布尔焦，五十岁左右，寡妇，开始了激情澎湃的独白。

"警长，不要跟我说这个内恩·圣菲利波！不要提起这个名字！这个可怜的孩子被杀了，愿他安息吧！但他践踏了我的灵魂，真的！白天他从不在家，但晚上，是的，他一定在。对于我来说，那就是地狱生活的开始！每一个晚上！天呐！警长先生，您可以看到，我的卧室同圣菲利波的卧室共用一面墙，而这栋楼的墙都像纸一样薄！你可以听到一切声音，每一个小声音！他们放音乐，声音大得足以震破我的耳膜，接着又换了一种！交响乐！咣啷咣啷，咣当咣当，咣咣！床会撞到墙上，咚咚咚！野女人也会发出啊、啊、啊的叫声。然后咣咣啷啷、咣当咣当、咣咣的声音再一次响起，从头开始！我开始有了一些邪恶的想法。我念了十遍万福玛丽亚，二十遍，三十遍，但没有用，我不能把这些想法从我脑子里赶出去，我还是个年轻的女人啊，警长！他在践踏我的灵魂！先生，无论如何，不，我对格利佛夫妇一无所知。他们从未跟任何人说过话。如果没人告诉过我什么，我又怎么告诉您呢？对吗？"

※

三层，14 号公寓，克鲁西一家。丈夫：斯特凡诺·克鲁西，退休，以前是渔场会计。妻子：安东涅塔，娘家姓德·卡洛。大儿子：卡洛杰罗，采矿工程师，在玻利维亚工作。小女儿：萨曼塔，数学老师，未婚，与父母同住。萨曼塔代表全家发言。

"警长，您看，给您举个例子就知道格利佛夫妇是多么不爱交际了。有一天，我在大楼门前碰到格利佛太太推着满满的购物车，一手拎着一个塑料购物袋，要爬三步楼梯才能到电梯口，所以我好心问用不用帮忙，她粗暴地回答不用。她丈夫也好不到哪儿去。至于内恩·圣菲利波，他是个帅哥，充满活力，人很好。他做了什么？他这个年纪的年轻人，因为无拘无束，总是爱做那些事情呗。"

这样说着，她看了一眼父母，叹了口气。她，哎，受尽了约束。

23

否则她可能为内恩·圣菲利波说一两句话好话，让他的灵魂安息。

※

三层，15号公寓，欧内斯托·阿孙托，牙科医生。

"警长，这只是我的诊所。我住在蒙特鲁萨，只有白天来这儿。我只能告诉您，有一次，我碰见格利佛先生，他左侧脸颊因脓疮而肿了起来。当我问他有没有牙医时，他说没有，所以我建议他顺便去一下我的诊所。让我感到懊恼的是，他斩钉截铁地说了个'不'。至于圣菲利波，您知道吗，警长，我从来没有见过他，甚至不知道他长什么样。"

※

蒙塔巴诺上楼时，碰巧看了看表。一点半了，条件反射般地产生了定时的饥饿感。电梯上去了，他勇敢地决定要忍受饥饿，继续询问，因为这会儿人们比较可能在家。16号公寓前站着一个秃顶的胖男人，一只手拿着一个奇形怪状的黑色大手提袋，另一只手正要插钥匙开门。他看到了警长站到身后。

"你找我吗？"

"是的，怎么称呼？"

"米斯特雷塔。你是谁？"

"我是蒙塔巴诺警长。"

"你想要做什么？"

"我想要问你昨晚被杀的那个年轻人的一些问题。"

"是的，我听说了。今天早上我准备去上班的时候，门房把所有事都告诉我了。我在水泥厂工作。"

"还有格利佛夫妇。"

"为什么？他们做了什么？"

"他们失踪了。"

米斯特雷塔先生打开门，站到了一旁。

"请进。"

蒙塔巴诺迈了一步进门，发现自己进了一间混乱不堪的公寓。门口附近的架子上挂着两只不是一对的破袜子。他被带进了一间以前大概是客厅的房间。报纸、脏盘子、脏水杯、干净的衣服、没洗的衣服、满是烟头和烟灰的烟灰缸。

"有点乱，"米斯特雷塔承认，"但是我太太跟她生病的母亲去了卡尔塔尼塞塔，走了两个月了。"

他从黑色的大提包里拿出一罐金枪鱼、一个柠檬和一块面包。他打开罐子，把鱼倒在手边最近的盘子里，把一条内裤扔到一边，抓起了一把叉子和一把刀，切开柠檬，把汁挤到金枪鱼上。

"要不要一起来？瞧，警长，我不想浪费你的时间。我本来想跟你瞎扯扯来着，我一个人也怪闷的，不过后来觉得好像不太好啊。我可能碰到过格利佛夫妇几次，但都没有打招呼。我从没有见过那个被杀的年轻人。"

"谢谢，再见。"警长站起来说。

就算是在这么肮脏的环境中，看到别人吃东西还是增强了他的食欲。

※

四层。在 18 号公寓门边，门铃下面有一个小名牌，上面写着：

圭多和吉娜·德·多米尼奇斯。他按响了门铃。

"是谁啊？"一个小孩的声音问道。

跟小孩怎么说呢？

"你爸爸的朋友。"

门开了，一个大概八岁的小孩出现在警长面前，眼睛里闪着调皮的光。

"你爸爸或者妈妈在吗？"

"没有，但他们很快回来。"

"你叫什么名字？"

"帕斯夸利诺，你呢？"

"萨尔沃。"

就在那时，蒙塔巴诺确信他闻到公寓里有什么东西烧着了。

"那是什么味道？"

"没什么，我把房子点了。"

警长向前一跃，把帕斯夸利诺推到一边。黑色浓烟不断从一个门口冒出来。是卧室。双人床的四分之一都着火了。他脱下夹克，看到叠在椅子上的一个毛毯，抓住毛毯，摊开后扔到了火苗上，用双手使劲拍打。邪恶的小火舌烧掉了衬衫袖口的一半。

"你把我的火扑灭了，我再去别的地方点。"帕斯夸利诺挥舞着一盒粗头火柴威胁道。

这个小恶魔！怎么办？抢下火柴还是继续把火扑灭？警长选择当消防员，被烧到了好几次。接着，一个女人的尖叫声让他停了下来。

"圭圭圭圭多多多！"

一个白肤金发碧眼的年轻女人，眼中透着惊恐，显然快要昏倒了。蒙塔巴诺还没来得及张口，一个戴眼镜、宽肩膀的年轻人像超人似的出现在女人身旁。超人没有说一句话，就简洁优雅地把自己的夹克甩到一边，立刻用一把跟大炮似的手枪指着警长。

"举起手来。"

蒙塔巴诺服从了。

"他是一个纵火犯！纵火犯！"年轻女人喋喋不休地说，一边哭泣，一边抱着她宝贝的小天使。

"妈妈，妈妈，他说要把咱家都烧了！"

把情况搞清楚花费了整整半个小时。蒙塔巴诺了解到，丈夫在银行做出纳，所以随身才带着一把枪。吉娜太太去看医生，所以回家晚了。

"帕斯夸利诺要有弟弟了。"她坦白道，羞怯地低垂着眼睛。

※

听着孩子被打了屁股，关进小黑屋里尖叫哭喊，蒙塔巴诺明白了：格利佛夫妇在不在家都是一个样。

"从来听不到他们的一声咳嗽，或者说，甚至，比如，什么东西掉在地上的声音，或者说得大声一点的说话声。什么都没有！"

至于内恩·圣菲利波，德·多米尼奇斯夫妇甚至不知道死者住在他们那栋楼。

3

最后一站是四层的 19 号公寓。里昂·瓜尔诺塔，律师。

从门缝里散发出一股令他头晕的番茄肉酱味。

"啊，你是蒙塔波托警长。"应门的是个男人似的大块头女人。

"蒙塔巴诺。"

"我总是记不对名字。但我在电视上见过你一次，再也忘不了了！"

"谁啊？"公寓里传来一个男人的声音。

"是警长，里昂。请进，请进。"

蒙塔巴诺进房间时，一个皮包骨头、大概六十岁的男人出现了，衬衫领上围着一块餐巾。

"我叫瓜尔诺塔，很高兴认识您。请随意，我们正准备吃饭。请到客厅里来吧。"

"客厅来！"那个男人似的女人插了话，"要是谈太久，意大利面就粘在一起了。您吃了吗，警长？"

"还没有，"蒙塔巴诺说道，内心燃起了鼓动。

"那就好了。"瓜尔诺塔总结道。"来一起吃盘面条吧，边吃边说多方便。"

面条沥干得恰到好处（沥干的时刻是一门艺术，他的女管家阿德莉娜强调过）。酱汁里的肉柔软味美。然而，除了填饱了肚子之外，警长在调查方面又一次毫无收获。

※

那天下午四点钟左右，蒙塔巴诺发现米米·奥杰洛和法齐奥都在他的办公室里，不由得发现，水里砸出了三个洞。

"别提了，一加一不等于二，"法齐奥说，"因为这栋楼有23幢公寓。"

"23？"蒙塔巴诺困惑地说道。他对数字实在不感冒。

"底层还有三间，全是办公室。他们不了解格利佛夫妇，对圣菲利波的了解就更少了。"

"总而言之，格利佛夫妇在这栋楼里住了很多年了，但就像空气一样。至于圣菲利波，算了吧，这里的很多租客甚至都没听说过他。"

"你们两个，"蒙塔巴诺说，"在失踪的消息传开之前，我希望你们在镇上四处逛逛，发掘一下：谣言、八卦、传闻、诽谤，诸如此类。"

"为什么？您觉得人们的回答会在听说失踪的消息后发生改变？"奥杰洛问。

"哦，会的。在某些不正常的事情发生后，起先看起来正常的事情就会被另眼相看了。顺便打听打听圣菲利波的事情。"

法齐奥和奥杰洛满腹狐疑地离开了办公室。

蒙塔巴诺拿起法齐奥放在桌子上的圣菲利波公寓钥匙，揣进兜里，走出办公室，喊了声坎塔雷拉。他从上周起就一直忙着解一个初级纵横字谜。

"坎塔，我希望你跟我一起去，我有重要任务给你。"

坎塔雷拉极力控制自己的情绪，直到走进被害年轻人的公寓，他都张不开嘴。

"看到那个电脑了吗，坎塔？"

"是的，长官，那电脑很棒。"

"好的，开始工作吧。我想知道电脑内的所有东西，之后拷到磁盘里，然后……那叫什么来着？"

"移动硬盘，头儿。"

"把那些也看一看，完成后报告给我。"

"这儿也有一些录影带。"

"不要动盒式录影带。"

※

他上了车开往蒙特鲁萨。他的朋友、自由频道电视台新闻记者尼科洛·齐托正要上节目，蒙塔巴诺把照片递给了他。

"这是格利佛夫妇，阿方索和玛格丽塔，你只需要说，他们的儿子达维德联系不上他们，很担心。今天晚上播报吧。"

齐托是个聪明人，更是一个好记者，看了看照片，然后问了一个警长已经料到的问题："你为什么那么关心这两个人失踪的事儿呢？"

"我为他们感到难过。"

"我相信，但我也相信这不是唯一的原因，恰好有某些联系吗？"

"跟什么有联系？"

"跟那个年轻人，圣菲利波，在维加塔被谋杀的那个。"

"他们住在同一栋楼。"

尼科尔简直要从椅子上跳起来。

"这可是个大新闻。"

"这点在新闻里不要提。可能有联系，也可能没有。照我说的做，案件取得重大进展后的第一手资料都给你。"

※

他坐在阳台上，往放凉的麦片粥里加上调料：用叉背把煮了很久的土豆和洋葱捣碎，放到麦片粥里，然后洒上足量橄榄油和醋，撒上现磨的黑胡椒和盐。他喜欢用锡叉吃饭（他有两个锡叉，一直小心翼翼地收藏着），每吃一口就刺激一下舌头和上颚。

晚九点的新闻节目中，尼科洛·齐托完成了任务，展示了格利佛夫妇的照片，并说两人的儿子很担心。

警长关上电视，决定开始读巴斯克斯·蒙塔尔万的最新小说，主角是佩佩·卡瓦略，故事发生在布宜诺斯艾利斯。他刚读了三行，电话就响了，是米米。

"打扰你了吗，萨尔沃？"

"一点也没有。"

"你忙吗？"

"不忙，怎么这么问？"

"我想跟你谈谈，去你家。"

看来早上自己责备米米的时候，他是真诚的，不是装出来的。这可怜的家伙到底发生了什么？

在女人的问题上，米米不挑食，他属于那种男的，就是觉得每个受冷落的女人都需要呵护。剧情中往往还会出现嫉妒的丈夫。就像那次被会计佩雷斯抓个正着，当时他正在亲吻人家的合法妻子。当时闹得鸡飞狗跳，局长办公室收到了一份投诉。但米米早就没事了，因为局长，上一任局长，成功摆平了问题。如果换了新任局长博内蒂·阿德里奇，米米·奥杰洛这辈子大概就是个副警长了。

有人按响了门铃，不可能是米米，因为他刚刚打过电话。

然而真的是他。

"你是从维加塔飞到马里内拉的？"

"我不在维加塔。"

"那你在哪儿？"

"这儿，就在附近。我用手机给你打电话。我在这片绕了一个小时了。"

哦。米米在决定打电话之前肯定在附近闲逛，看来事情比他想象中还要麻烦。

突然间，他产生了一个可怕的想法：如果米米染上了花柳病怎么办？"你身体怎么样，米米？"

米米疑惑地看着他。"我身体？挺好的。"

噢，上帝。如果他所承担的负担不涉及肉体，那么肯定是相反的领域了。灵魂？心智？开什么玩笑？米米知道哪一个？

当他们走向阳台的时候，米米说："你可以帮我个忙吗，萨尔沃？帮我倒几杯威士忌，纯的。"

很明显，他在试着鼓起勇气。蒙塔巴诺开始感到很不安。他把酒瓶和杯子放下，放到米米面前，等他倒酒，然后说话。

"米米，我不喜欢猜谜。告诉我，你到底发生了什么。"

奥杰洛把杯中酒一饮而尽，向外望着大海，低声说："我要娶个老婆（take a wife）。"

蒙塔巴诺产生了不可抑止的愤怒。左手把桌子上的瓶子杯子扫到地上，同时转身面向米米，右手在他脸颊上扇了一个响亮的耳光。

"你这个蠢货！你他妈在说什么？只要我还活着，我就永远不会让你做这样的事情！我不允许！你怎么能想到这样的事情呢？为什么？"

与此同时，奥杰洛站了起来，背靠着墙，一只手捂着发红的脸颊，瞪大了眼睛，非常害怕。

警长努力控制住自己，意识到反应过度了。他伸着胳膊向奥杰洛走去，米米努力使自己跟墙贴得更近。

"为你自己好，萨尔沃，别碰我。"

所以米米的病是肯定会传染的。

"不论你是什么病，米米，总比死好。"

米米的下巴差点掉下来。"死？谁说死了？"

"你啊，刚刚你说的，我要自杀（take a life）。你要否认吗？"

米米没有回答，但开始沿着墙一点点向下滑。现在他双手捂着肚子，仿佛疼痛难忍。眼泪从他的眼中流出来，流到了鼻子旁边。警长感到一种恐慌感抓住了他。该怎么办？请大夫？这个时候他能把谁喊醒啊？与此同时，米米双脚跳了起来，

蒙塔巴诺呆住了。

"我说的是娶媳妇（take a wife），萨尔沃，不是自杀！"

警长感到松了一口气，同时又很生气。他进到屋里，进了浴室，头伸到水槽里，打开冷水，冲了一会儿。当他回到阳台上时，奥杰洛已经坐下了。蒙塔巴诺把瓶子从他手里夺过来，拿到嘴边，一口气喝光了。

"我去再拿一瓶。"他拿着没开封的一瓶回来了。

"你知道吗，萨尔沃，你这么个反应吓死我了。我还以为你变成同性恋爱上我了呢。"

"跟我说说那个女孩吧。"蒙塔巴诺打断他。

"她的名字叫拉凯莱·祖莫，在费拉朋友家里碰见的。她在帕维亚工作，北边，来费拉是看父母。"

"她在帕维拉干什么？"

"想听一些趣事吗？她是警察！"

他们笑了。接着他们又笑了两个小时，把一瓶酒都喝完了。

※

"嗨，利维娅，是我，萨尔沃，你在睡吗？"

"我当然在睡。发生了什么？"

"没事儿，我想……"

"你什么意思，没事儿？你知道这会儿几点吗？凌晨两点！"

"哦，真的吗？不好意思。我没有意识到已经这么晚了……或者说这么早。没有，真的，没事儿，只是一些蠢事，相信我。"

"哦，尽管是蠢事，你还是要告诉我。"

"米米·奥杰洛说他要结婚了。"

"哦，这不是什么新闻了！他三个月以前就告诉我了，还求我别跟你讲。"

长时间的停顿。

"你还在吗，萨尔沃？"

"是的，我在。所以你跟奥杰洛先生之间有小秘密，把我蒙在鼓里，是这样吧？"

"哦，拜托，萨尔沃！"

"不，利维娅，请允许我生一次气。"

"请允许我也生气！"

"为什么？"

"因为你把结婚称作蠢事，混蛋！事实上，你应该以米米为榜样！晚安！"

※

他早上六点左右醒来，嘴里黏黏的，头微微地抽痛。他喝了半杯冰水，想继续睡，但没有成功。干点什么呢？这个问题被电话铃声回答了。

在这个时辰？也许是傻瓜米米打电话来告诉他已经改变了要结婚的主意。他拍了拍额头。昨晚的误解！西西里人什么时候会自杀啊？在西西里岛，人们只会结婚。

他拿起了电话。"你改变主意了吗？"

"没有，头儿，我没有。这太难回答了，因为我不知道要改变什么主意。愿意告诉我吗？"

"不好意思，法齐奥，我还以为是其他人。什么事？"

"对不起，在这个时候弄醒你，但……"

"但？"

"我们找不到坎塔雷拉，他昨天下午就消失了，离开办公室，也没说去哪里，没人见过他。我们甚至问了蒙特鲁萨医院……"

法齐奥一直在说，但警长没有再听。坎塔雷拉！已经完全把他忘了！

"不好意思，法齐奥，我向你们所有人道歉。他去帮我做事了，我忘了告诉你们。没什么可担心的。"

他清楚地听到法齐奥松了一口气。

※

他用了二十分钟淋浴、剃须、穿衣，感觉整个人垮踏踏的。当他赶到加富尔路 44 号时，门房正在打扫门前的街道。她太瘦了，简直跟手里的扫帚一样。她看起来特别像大力水手的女朋友奥丽弗。他坐上电梯，上到三楼，用一个撬锁工具打开了内恩·圣菲利波家的门。里面灯火通明。坎塔雷拉卷着衬衣袖子坐在电脑前。

一看到上司，他立马立正站好，穿上夹克，调整好领带。他胡子拉碴的，眼睛也红了。

"听候命令，头儿！应该还需要两三个小时。"

"你还在这儿啊？"

"刚刚完成，头儿。"

"发现什么了吗？"

"对不起，头儿，你想让我说得专业一点还是通俗一点？"

"尽可能通俗，坎塔。"

"好的。我在电脑里什么都没找到。"

"你什么意思？"

"我不是说着玩的，头儿。电脑没有联网，里面只有一个他正在写的东西……"

"是什么？"

"在我看来像是一本小说，头儿。"

"还有一些信的复印件，都是他写的和写给他的，有很多。"

"公函？"

"不是公函，头儿。都是私人信件。"

"我不懂。"

坎塔雷拉脸红了。

"像是情书，但是……"

"我明白了。磁带里有什么？"

"许多污秽的东西，头儿。男人和女人，男人和男人，女人和女人，女人和动物……"

坎塔雷拉的脸看起来随时都要着火了。

"好的，好的，坎塔。帮我把它们打印出来吧。"

"所有的吗？男人和女人，男人和男人，女人和……"

蒙塔巴诺终止了他冗长而枯燥的陈述。"我是说小说和信。

但现在我们要去做一些别的事情。你跟我一起去咖啡馆喝杯拿铁，吃几块羊角面包，然后我再带你回来。"

※

他一回到办公室，临时守着接线总机的因布尔进来了。

"头儿，自由频道打电话过来，提供了在电视上看到格利佛夫妇照片后联系他们的人的姓名和电话号码，我都写在这儿了。"

名字有十五个左右，号码好像都是维加塔的，所以格利佛夫妇没有像最开始看起来的那样突然消失。法齐奥进来了。

"天啊，找不到坎塔雷拉的时候我们吓了一大跳！我们不知道他被派去执行秘密任务了。你们知道顽皮的加鲁佐喊他什么吗？双面特工！"

"别开玩笑了，有任何消息吗？"

"我去见圣菲利波的母亲了。这个可怜的女人不知道儿子以什么为生。她告诉我，儿子在十八岁时凭着对计算机的热忱在蒙特鲁萨找了一份好工作。报酬很好，再加上他母亲的抚恤金，母子二人生活得还不错。后来，内恩突然辞了职，像变了个人，离家独自生活。他有很多钱，但他妈妈还是穿着带洞的鞋四处走。"

"跟我说说，法齐奥，他身上发现钱了吗？"

"你在开玩笑吧？有三百万里拉的现金和一张两百万的支票。"

"很好，至少圣菲利波太太不会连葬礼的钱都要外借。支票抬头是谁？"

"曼佐合伙公司。"

"查查来由。"

"好的。至于……"

"看看这个，"蒙塔巴诺打断了他，"这是知道格利佛夫妇消息的人的名单。"

※

名单上第一个名字是萨韦里奥·库斯玛诺。

"库斯玛诺先生，您好，我是警长蒙塔巴诺。"

"您想知道些什么？"

"不是你在看到格利佛先生和格利佛太太的照片后打电话给电视台的吗？"

"是的，先生，是我，但那跟您有什么关系呢？"

"我们在处理这个案子。"

"没人告诉过我。我只跟他们的儿子达维德说话。再见。"

名单上第二个名字是加斯帕雷·贝卢佐。

"您好，是贝卢佐先生吗？我是维加塔警局的警长蒙塔巴诺。您因为格利佛先生和格利佛太太的事给自由频道打了电话？"

"是的，上周末，我和我妻子看到他们了，他们跟我们在同一辆公共汽车上。"

"你们是去哪儿？"

"丁达利圣母玛利亚的圣所。"

丁达利，我知道你的温柔。卡西莫多的台词在耳边回响。

"你们为什么去那儿？"

"维加塔的马拉斯皮纳旅行社组织的一次旅行。我和妻子去年还去了一次圣卡罗杰若市。"

"跟我说说吧。你还记得其他乘客的名字吗？"

"当然，还有布法罗塔夫妇、康缇纳斯夫妇、杜门纳斯夫妇……大约总共四十个人。"

布法罗塔先生和康缇纳斯先生也打了电话。

"贝卢佐先生，最后一个问题，你回维加塔的时候看到格利佛夫妇同其他人在一起吗？"

"老实说，我说不好。警长，您知道的，那时很晚了，晚上十一点，很黑，我们都很累……"

※

没有必要浪费时间继续打了。他朝法齐奥喊道。

"听着，这些人上周末都去丁达利旅游了。格利佛夫妇也在其中。组织方是马拉斯皮纳旅行社。"

"我知道那个公司。"

"很好。过去一趟，拿到完整名单，然后给每个参加的人打电话。明天九点全叫来局里。"

"安置在哪儿？"

"我不关心。建一个野战医院或什么的都行。反正他们最年轻的也六十多了。另一件事：找到马拉斯皮纳旅行社上个周末的司机。如果他在维加塔，而且现在没有活的话，我希望一个小时内在这里见到他。"

※

坎塔雷拉的眼睛比之前更红了，头发竖立，胳膊下卷着厚厚的一沓纸进来了，看起来活像精神病学教科书里的标准疯子。

"资料都在这了，头儿，所有的都打印出来了。"

"很好。放在这里，睡会儿吧。下午晚点过来就行。"

"听你的，头儿。"

天呐！现在他桌子上有至少六百页纸了。

米米兴高采烈地进来了，一股嫉妒刺痛了蒙塔巴诺，他立即想起了跟利维娅打电话时发生的口角。他的脸黑了下来。

"听着，米米，关于那个丽贝卡……"

"什么丽贝卡？"

"你的未婚妻，不是吗？你想要跟她结婚，就像你说的……"

"她的名字叫拉凯莱。"

"好，随便都可以。我记得你说她是帕维亚的一个女警察，对吧？"

"对。"

"她请求调职了吗？"

"为啥？"

"米米，试着想一想。结婚以后你打算怎么做？丽贝卡待在帕维亚，你留在维加塔？"

"拜托，请搞清楚！她的名字叫拉凯莱。不，她还没有要求换单位，为时过早。"

"但是她迟早要这么做啊，不是吗？"

米米深吸了一口气，像是要潜水一样。

"我认为她不会。"

"为什么不会？"

"因为我们的决定是，我去请求调换单位。"

蒙塔巴诺的眼睛一下子一动不动，冷冰冰，像蛇一样。

分叉的舌头要伸出来了，奥杰洛想着，浑身都是汗。

"米米，你真是个不要脸的婊子养的。昨天晚上你来我家的时候只说了一半！你只跟我说了结婚的事，没提调离啊。后者对我更重要，你明明知道的！"

"我本来打算告诉你的，萨尔沃，我发誓！如果不是因为你疯狂的反应让我大吃一惊……"

"米米，看着我的眼睛，告诉我事实，你已经递交了申请吗？"

"我递交了，但是……"

"博内蒂·阿德里奇怎么说？"

"他说可能会需要一点时间，而且……不说也罢。"

"说。"

"他说他很高兴，还说终于到了维加塔警局'黑手党'解体的时候了，这是他原话。"

"你怎么说的？"

"呃……"

"快点，说吧。"

"我把放在他桌子上的申请表拿回来了，然后说我要仔细想想。"

蒙塔巴诺静静地坐了一会儿。米米看起来像刚刚冲过澡一样。然后警长指了指坎塔雷拉给他带来的那堆资料。

"这是内恩·圣菲利波电脑里的所有东西。里面有一本小说，还有很多信，暂且叫情书吧，还有谁比你更适合看情书？"

4

　　法齐奥打电话告诉他，开车往返维加塔和丁达利的司机叫菲利波·托尔托里奇，父母是焦阿基诺和……他自己适时停了下来。即使隔着电话，他也能感觉到警长不断升高的愤怒。他补充说，司机正在外地，但马拉斯皮纳先生整理了参加旅行的人员名单，还保证会在托尔托里奇先生回来后让他尽快去警局，时间大概在下午三点。

　　蒙塔巴诺看了看表，他还有两个小时。

　　他下意识地去了圣卡洛杰罗餐厅。餐厅老板在他面前放了一道海鲜开胃菜，毫无缘由，警长突然感觉到某种东西使他没了胃口，没办法吃下去。事实上，一看到鱿鱼、小章鱼和蛤蚌就让他想吐。他一跃而起。

　　卡洛杰罗，服务员兼老板，担心地跑了过来。

　　"警长，怎么了？"

　　"没事儿，卡洛，我只是不想吃了。"

　　"警长，开胃菜都很新鲜！"

　　"我知道。请接受我的道歉。"

　　"你不舒服吗？"

他想到了一个借口。

"哦，我也不知道。我觉得有点冷，我可能得了流感了。"

他离开了餐厅，这回知道去哪儿了。到灯塔去，坐到下面平坦的岩石上去，那已经成他的洒泪石了。从前当他不能把六八风潮的同志赶出脑海的时候，也去那儿坐坐，朋友的名字叫什么他都忘了。洒泪石。第一次得知父亲病危的时候，他曾经在那里痛哭流涕。现在他再次回到这里，因为另外一个宿命应验了，他不会哭，但确实很悲伤。一个"宿命"，是的，没有夸大。米米是否撤回了调职申请，这不重要。他提交过调职申请，这依然是事实。

博内蒂·阿德里奇是个出了名的蠢货。他管蒙塔巴诺警长手下的警局叫"黑手党"就充分证明了这一点。在现实中，这是一个团队，紧密团结，运转流畅，每个齿轮都有自己的功能和个性，而推动整个机制运转的正是米米·奥杰洛。人需要认识到问题所在：裂缝是破碎的开始，是结束的开始。米米能再坚持多长时间？两个月？三个月？最终他还是会拜倒在丽贝卡，啊，是拉凯莱的眼泪和压力之下，然后就是"再见，很高兴认识你"。

"那我呢？"他问道。"我到底在做什么？"

他知道，维加塔这支队伍是神奇的，到哪里都不会再有了，所以他害怕升职和不可避免的调任。但即使他在这么想，那一刻他也知道，那不是真正的原因，不是痛苦背后的真相，"是的，该死的，你最终还是说出了这个词！什么，你难为情？说吧，重复一遍：痛苦。"他喜欢米米。他觉得米米不只是一个朋友，他就像个儿时的兄弟一样，所以米米宣布打算离职时，对他的打击就像一枪打在胸口。那一刻，"背叛"这个词掠过了他的大脑。米米竟然跟利维娅说了，完全相信她永远不会——天呐！——向自己，她的男人，透露一个字。他竟然跟她说了！而她竟然瞒着自己。真是串通一气啊！真是一对好朋友！

他意识到，自己的痛苦正在变成无知觉的、愚蠢的愤怒。他感到羞愧。在那一刻的他并不是真的他。

※

三点四十五分，菲利波·托尔托里奇气喘吁吁地来了。他是一个骨瘦如柴的小个子男人，大概五十多岁，头顶中部有一小撮头发，其他地方都是秃的，看起来非常像蒙塔巴诺在亚马孙雨林纪录片里见过的一种鸟。

"您想和我谈什么？我的老板马拉斯皮纳先生命令我马上到这儿来，但没给我任何解释。"

"你是上周末从维加塔开车去丁达利的司机吗？"

"是的，先生。只要是这类线路，公司都找我。客户也找我。他们想让我开车，他们信任我。我沉着耐心。你必须了解他们，他们都老了，有很多要求。"

"你经常参与这些旅行吗？"

"暖和的时候，至少每两周一次。有时候去丁达利，有时候去埃里切，有时候去锡拉库萨，有时候……"

"总是同一批乘客吗？"

"有大概十个人总是参加，其他的每次不一样。"

"据你所知，阿方索·格利佛和玛格丽塔·格利佛夫妇参加

45

了星期天的旅行吗？"

"当然！我记性很好的！问这干吗？"

"你不知道吗？他们失踪了。"

"噢，天呐！你什么意思，失踪？"

"旅行以后就没人见过他们了，消息都上电视了，说他们的儿子很绝望。"

"我不知道，真不知道。"

"听着，在旅行之前你认识格利佛夫妇吗？"

"不认识，之前从来没有见过他们。"

"那你是怎么知道格利佛夫妇在车上的呢？"

"因为在我们出发之前，老板总是给我旅客的名单，发车前我会点名。"

"回程的时候你点名了吗？"

"当然！当时格利佛夫妇都在呢。"

"告诉我在这些旅行中都发生了什么。"

"我们一般早上七点出发。这取决于到达目的地所需的时间。这些旅客们都是退休的老人。他们参加旅行不只是为了观光，而是这样一来，他们就可以同其他人一起待一整天。你明白我的意思吗？他们的孩子们都长大了，住得很远，他们也没什么朋友……在长途旅行中总有人让他们乐和乐和，卖东西的，类似于，我不知道，家庭用品、毯子之类的。我们一向是按时到达，好赶上正午的弥撒。午饭的话，他们去老板安排的一个餐厅吃。餐费已经包了。你知道他们饭后干什么吗？"

"不知道，说说看。"

"他们回车上午休一会儿，醒来之后会去镇上散散步，买点小礼物和纪念品。晚上六点点名，然后离开。按照事先的安排，八点时，我们中途停在一家咖啡屋，他们喝咖啡、吃点心。费用也是包了。然后应该是在大概十点钟回到维加塔。"

"你为什么要说'应该是'呢？"

"因为一般会晚一点。"

"为什么？"

"就像我说的，警长，乘客们都是老年人。"

"所以呢？"

"如果他们碰到一个咖啡馆，或者要上厕所，让我在加油站停车，我能说什么呢，说不吗？所以我就停车呗。"

"我知道了。那你还记得上周末回程是不是有人要求你停车？"

"警长，有人让我停了，所以我们直到快十一点钟才回来！我们停了三次！最后一次停车距离维加塔只有不到半个小时了！我都问他们，是不是可以等等，就快到家了。没用。你知道接着发生了什么吗？一个人下车，所有人就都下车了。他们都要上厕所，浪费了很多时间。"

"你还记得最后一次喊停车的是谁吗？"

"不，先生，老实说我不记得了。"

"有任何奇怪的、不寻常、不正常的事情发生吗？"

"可能会发生什么呢？就算有的话，我也没有注意到。"

"你确定格利佛夫妇回到维加塔了吗？"

"警长，回程途中我不点名。如果有人停车后没有回车上，其他人会注意到的。不管怎样，在发车之前，我都会鸣笛三次，等至少三分钟。"

"你还记得都停在哪了吗？"

"是的，先生。第一次是在恩纳高速卡希诺加油站，第二次是在巴勒莫—蒙特鲁萨高速公路圣杰兰多餐厅；最后一次是在离这儿半小时车程的天堂餐厅。"

※

法齐奥大概七点才慢腾腾地回来。

"你真磨叽。"

法齐奥没有回答。警长每次没来由地斥责他的时候，只不过是想泄泄火罢了。顶嘴只会使情况更糟。

"不管怎样，头儿，有四十人参加了那次旅行。其中有十八对已婚夫妇，也就是三十六个人，还有两个老太太和拉甘兄弟。拉甘兄弟是双胞胎，从不错过任何这样的旅行，未婚，同居，也是这群人中最年轻的，五十八岁。当然，旅客里也包括格利佛夫妇，阿方索和玛格丽塔。"

"你有没有告诉他们所有人明天早上九点到这里来？"

"是的。我没打电话，直接上门通知了。有两个明天来不了。嗯，要是想询问的话，就得去他们家了。是斯基姆夫妇：妻子得了流感，丈夫需要守在她身边，哪儿也不能去。我自作了一点主张，警长。"

"什么意思？"

"我把他们分成了几组，每隔一个小时来一组，一次十个人。免得场面太过混乱。"

"干得好，法齐奥。谢谢。现在你可以走了。"

法齐奥没有动。现在该报复几分钟前遭受的不公正指责了。

"你刚才说我磨叽，其实我还去了趟蒙特鲁萨。"

"去干吗？"

警长怎么了？他开始忘事儿了吗？"你不记得了吗？内恩口袋里的两百万里拉支票是曼佐合伙公司开的，你让我找他们谈话。一切正常。曼佐先生一个月向内恩支付了一百万里拉的电脑修理费……上个月出了点意外，他没付，所以加了一倍的钱。"

"所以内恩有工作？"

"工作？要是只靠曼佐这点钱，他连房租都交不上！其他的钱哪里来的？"

※

米米·奥杰洛把头伸进门，外面天已经黑了。他的眼睛红红的。有那么一会儿，蒙塔巴诺想，米米应该是突然感到悔意，然后哭了出来吧。不都是这样嘛：任何人，从当年的教皇到近来的黑手党，都在为什么事忏悔。但是，不，哪有这回事！事实上，奥杰洛说的第一件事是："内恩·圣菲利波的文件要把我的眼睛都看瞎了！我才看了一半。"

"只有他写的信吗？"

"你在开玩笑吗！是定期通信，有他写的，也有一个女人写的，但那个女人没有署名。"

"有多少？"

"大概每人五十封左右。有段时间，他们每隔一天交换一封……写信，然后还评论。"

"我不明白。"

"我给你解释。比如说，他们周一睡在一起。周二他们就会写信给彼此，评论前一天所做的一切，从他的角度，也从她的角度。周三，他们又聚在一起，第二天他们就又给彼此写信。内容相当黄色，我都看得面红耳赤。"

"信上有日期吗？"

"都有。"

"真奇怪。我们的邮政系统怎么可能总是准时送达呢？"

米米摇了摇头。"我认为他们就没有寄。"

"那么他们是怎么收到的呢？"

"他们没有寄信。他们是第二天见面的时候直接给。他们可能在床上读，然后开始做爱。感觉很能挑起情欲。"

"看得出来，你在这些方面是专家。除了日期之外，这些信有提到发信地址吗？"

"内恩的信一般来自维加塔，她的来自蒙特鲁萨，偶尔也有维加塔，这也支持了我的假设：他们可能有时候在这里相聚，有时候在蒙特鲁萨。她结婚了。两人经常提到那个丈夫，但从来没有说过他的名字。他们见面最频繁的时段正好是那个丈夫出国旅行。那个人，就像我说的，从来没有提到他的名字。"

"这让我有了一个想法，米米。有没有可能，整件事情是这个小伙子幻想出来的？是不是有可能这个女人根本就不存在，是他性幻想的产物？"

"我觉得这些信是真实的。他把信录入电脑，然后毁了原稿。"

"你怎么肯定信是真的？"

"她的信的内容。它们详细描述了一个女人做爱的感觉，给出了永远不会发生在我们男人身上的细节。他们用了一切可能的方式，各种体位，各种场合。每一次，她都能说出些新的私房话。如果这都是他编的，他肯定会成为一个伟大的作家。"

"你看了多少了？"

"大概还剩二十封。我之后开始看那部小说。你知道吗，萨尔沃，我感觉没准认识那个女的。"

"告诉我吧。"

"还不行。我还要仔细想想。"

"我也有一个模糊的想法。"

"什么？"

"我觉得，这个女的岁数不小了，包养了这个二十岁的小伙子，还给了不少钱。"

"我同意。只不过，我现在想到的那个女的岁数不大，还没到中年，而且里面不会涉及金钱。"

"所以，你觉得是私通？"

"你觉得不是吗？"

"也许你是对的。"

不，米米说得不对。蒙塔巴诺凭直觉感到，内恩·圣菲利波被杀背后一定有大事。那他为什么附和米米的假设？为了让他高兴吗？什么词来着？啊，对了，"哄"他。他正在无耻地迎合他。也许他就跟《满城风雨》中的报纸主编一样，用尽一切办法要留住手下的王牌记者，当时记者为了爱情正准备搬去另一座城市。这部喜剧片是麦迪逊和莱蒙演的，他当时笑得要死。现在回想起来，怎么一点都不好笑了呢？

"利维娅？嗨，你好。我想要问你两个问题，还有些事要告诉你。"

"几个？"

"什么几个？"

"问题啊。按顺序编号。"

"少来……"

"难道你没有意识到，你跟我说话就像跟局里的同事一样吗？"

"不好意思，我不是故意的。"

"开始吧，问我第一个问题。"

"利维娅，想象一下我们在做爱。"

"我做不到。太缥缈了。"

"拜托，我是认真的。"

"好吧，给我一分钟，我好好回忆下。好了，继续吧。"

"你想没想过，第二天给我写信描述过程中的感受？"

电话那头停了一下，时间长得蒙塔巴诺以为利维娅挂了电话。

"利维娅？你还在吗？"

"我刚刚试想了一下。不，我是不会那样做的。但一个激情澎湃的女人可能会。"

"第二个问题是，米米什么时候对你说他打算结婚……"

"噢，天呐，萨尔沃，你还在介意这件事情，真让人讨厌！"

"让我说完。他同时跟你说他要调任了吗？说了吗？"

这回的停顿比上次更长。但蒙塔巴诺知道她没挂，因为她的呼吸声越来越重。接着，她有气无力地问道："他提交申请了吗？"

"是的，利维娅，提交了。后来因为局长做了个愚蠢的回应，他又收回了。但这仅仅是暂时的，我认为。"

"萨尔沃，相信我，他从没说过要离开维加塔。我觉得，他在讨论结婚计划的时候，脑子里并没有这个念头。我很抱歉，非常抱歉。我知道你肯定很难受。你是想告诉我什么？"

"我想你。"

"真的吗？"

"是的，特别想。"

"特别想是多想？"

"特别特别想。"

※

他拿着巴斯克斯·蒙塔尔万那本书躺到床上，从头看起。刚看到第三页的末尾，电话响了。他想了一下，不去接电话的想法很强烈，但打电话的人好像要坚持到他精神衰弱为止。

"喂？是蒙塔巴诺警长吗？"

他没听出是谁。"是的。"

"警长，抱歉在这个时候打扰你，当你终于能和家人一起享受盼望已久的休眠……"

什么家庭？从拉特斯博士到这个陌生人，他们都疯了吗？自己明明没有家庭，非要塞给他一个？

"你是谁？"

"……但我确定能在家找到你。我叫奥拉齐奥·加塔达罗，律师，不知道你还记不记得我……"

他怎么能不记得他呢？这个人是黑手党最喜欢的律师。他在漂亮女生米凯拉·丽卡兹谋杀案的调查过程中试图蒙骗时任蒙特鲁萨机动小组队长。一只蠕虫都比奥拉齐奥更讲荣誉。

"可以失陪一会儿吗，先生？"

"随意！我想问您……"

让电话那头说着，他走进浴室，尿了个尿，又好好洗了把脸。跟加塔达罗说话的时候必须保持警惕，随机应变，甚至连他的用词中稍纵即逝的微妙之处也要抓住。

"我在这儿呢，律师先生。"

"我亲爱的警长，今天早上我去了老朋友巴都乔·西纳格拉先生家，他也是我的客户，您一定知道他，至少听过他的名字，即使没有私交的话。"

不只是听过名字，还听过他的名声，西纳格拉是两大黑手党家族之一的头领，另外一个是库法罗家族，两个家族正在争夺蒙特鲁萨这个省的地盘，每个月两边至少都要死一个人。

"是的，我知道那个名字。"

"好的。巴都乔先生上了年纪，前天庆祝了他的九十大寿。他身体不大好，这在他这个年纪也很正常，但他的头脑仍然非常清醒。他记得每件事、每个人，坚持读报纸，看电视。我经常去看他，单凭记忆力，他就牢牢吸引住了我，此外，我要谦卑地承认，还有他的智慧。想想看。"

律师是在开玩笑吗？凌晨一点把电话打到家里，就是为了念叨黑帮头目巴都乔·西纳格拉的身心健康吗？这种人要是明天就死掉，那该有多好啊。

"加塔达罗先生，你不觉得……"

"原谅我说了那么长时间的题外话，警长，但是每当我说起巴都乔先生就会有深深的崇拜感。"

"请你，请你原谅我。原谅了吗？原谅了。我言归正传，今天早上我们聊到这个话题，聊到那个话题，巴都乔先生提到了您的名字。"

"是在聊这个话题和那个话题之间的时候吧？"

这句话不假思索就顺出来了。

"我不太懂。"律师说。

"别放在心上。"

他没再多说。他希望加塔达罗律师继续说，这样一来他就能竖起耳朵多听点。

"他问起了你，问你身体好不好。"

一股寒意顺着警长的脊椎蔓延开来。如果巴都乔先生询问某人的健康状况，十有八九这个人几天后会坐上灵车进维加塔公墓。

但他还是没有开口，鼓励加塔达罗继续说。自作自受吧，混蛋。

"事实上，他特别想见你。"律师突然说道，终于到了重点。

"没问题。"蒙塔巴诺用英国式的沉着应答道。

"谢谢你，警长，谢谢！你无法想象听到你的回答我是多么高兴！不管别人说了他什么，我确信你会满足一个老人的愿望。"

"他会到警局来吗？"

"谁？"

"谁？什么意思？西纳格拉先生呗。你刚刚不是说他想见我吗？"

加塔达罗非常尴尬地清了两下嗓子。

"警长，事实上，巴都乔先生先生已经很难四处行走了。他自己都站不起来，让他来警局实在太痛苦了。你肯定能理解……"

"我当然能理解他来警局会有多痛苦。"

律师假装没有注意到话中的讽刺，没有接茬。

"所以我们在哪儿见面呢？"警长问道。

"呃，巴都乔先生建议……嗯，能不能劳驾您去他那儿……"

"我不反对。当然，我要通报上司。"他当然不想跟博内蒂·阿德里奇那个蠢货提，就是要逗一逗加塔达罗。

"必须通报吗？"律师先生用焦躁的声音问。

"是的，我说的就是这个意思。"

"因为，您看，警长，巴都乔先生希望谈话私人一点，或许将成为某些大事的序曲……"

"序曲？"

"是的，的确是。"

"那样的话……"

"明天晚上大概六点半怎么样？"律师很快回复道，像是害怕警长改主意。

"好。"

"再次感谢您，警长，谢谢。巴都乔先生和我从未怀疑您的绅士风度，您的……"

5

第二天一早，八点半，他迈出汽车的那一刻，在街上就听到警局里一阵巨大的骚动。他走进局里，第一批被叫来的十个人（五对夫妇）很早就到了，他们表现得特别像幼儿园里的孩子，大笑大闹，互相推搡拥抱。他突然想到，也许有人应该考虑建议给社区里老年人建个幼儿园。

法齐奥安排来维持秩序的坎塔雷拉也没什么办法，只得大喊道："警长驾到！"

一眨眼，操场莫名变成了战场。十个人你推我搡，或想绊倒别人，或想用胳膊或衣服后摆拦住别人，都想最先跑到警长身边。纠缠过程中人声鼎沸，蒙塔巴诺都快被震聋了，一个字都没听懂。

"这是怎么回事？"他用军人般的嗓音问道。

人群安静了下来。

"列队！按姓名字母顺序排。"一个比侏儒高不了多少、身高还不到警长鼻子的人喊道。

"不行，先生，不行！按年龄排！"另一人气愤地喊道。

"你叫什么名字？"警长问那个先说话的小矮个。

"姓阿贝斯，名路易吉。"他答道，环顾了四周，仿佛是在反驳着什么似的。

蒙塔巴诺祝贺自己猜对了。他跟自己打了个赌，这个提议按姓名字母顺序排的小矮个，不是姓阿贝斯，就是姓阿贝特，因为西西里岛上没有叫阿尔瓦、阿尔托之类名字的人。

"你呢？"

"阿图罗·佐塔。我是这里岁数最大的。"

警长又猜对了。他穿过这十个人，就跟丛林冒险一样，简直比穿过一百个人还累。他、法齐奥和加鲁佐三人好容易进了办公室，关上门，让坎塔雷拉守在门口，以防老年骚乱发酵。

"可是，为什么他们都在这了？"

法齐奥解释道："如果您想知道整个故事的话，警长，您传唤的四个人，两对夫妇，今天早上八点就到了。您还能指望发生别的什么事吗？他们老了，没睡够，心里面的好奇心正活泛着呢。然后，有一对应该十点到的夫妇已经在外面了。"

"听着，咱们商量一下。问话可以随机应变，但是有几个问题必须要问到。都写下来。第一个问题：旅行之前，你们认识格利佛夫妇吗？如果认识的话，是在哪里，什么时候，怎么认识的？如果有人说认识，让他们留下，我想跟他们谈谈。第二个问题：格利佛夫妇在车上坐什么位置？往返途中都要说。第三个问题：旅游过程中，格利佛夫妇跟谁说话了吗？如果说了，是什么内容？第四个问题：你们知道格利佛夫妇在丁达利都做了什么吗？他们跟谁见面了吗？有没有去任何人的家？他们知道的任何信息都至关重要。第五个问题：应乘客要求，在返程途中额外停了三次车的时候，格利佛夫妇下车了吗？如果下了，是哪一次？他们有没有看到两人回到车上？第六个，也是最后一个问题：班车回到维加塔后，他们见过格利佛夫妇没有？"

法齐奥和加鲁佐互相看了一眼。

"听这样子，您是认为格利佛夫妇返程途中发生了什么事？"法齐奥问道。

"只是猜测而已。但是一条思路。如果有人站出来说，看到他们在维加塔下车，然后默默地回家了，那就不要把我们的猜测说出来，藏起来，回头再说。有一件事很重要，尽量不要说闲话；如果太惯着这些老家伙，他们估计会把人生经历全倒出来。另外一件事，询问夫妇两人时要安排好，一个问妻子，一个问丈夫。"

"为什么？"

"否则一个人说的就会影响另一个，肯定会。你们两个，每人负责三个人，其余的我负责。照我说的做，圣母玛利亚保佑，很快就会弄完的。"

※

从第一个审问开始，警长就认识到，他的预测真是大错特错。每一段对话很快都会离题千里。

"几分钟前我们见过面。我记得您的名字是阿图罗·佐塔，对吗？"

"没错。阿图罗·佐塔，乔瓦尼·佐塔的儿子。我爸爸有个堂兄弟是个洋铁匠，人们经常把他们两个认错。但是我爸爸……"

"佐塔先生，我……"

"我还想说我非常高兴。"

"为什么高兴？"

"因为你做了你应该做的事。"

"是什么？"

"按年龄排。我是这一堆人中年龄最大的，我是最大的。再过三个月零五天，我就七十七岁了。你要尊重老人。我一直跟孙子孙女们说，一群可恶的家伙。不知道敬老，世道都糟蹋完了，臭气熏天！你们可没生在墨索里尼那会儿。墨索里尼在的时候，尊重，到处都是尊重。如果你不尊重，咔嚓！头马上就掉了。我记得……"

"佐塔先生，实话说，我们不是按顺序排的，不管是字母还是……"

老人自己咯咯地笑，发出的都是"咿咿"的声音。

"我是对的吗，啊？是吗？我拿命打赌！这里应该是个秩序殿堂，绝对的！他们他妈的一点都不注意秩序！这里的人都是反着走！一切都是混乱，莽撞，乱七八糟！你喜欢用手走路吗？这就是我想说的。接下来当我们的孩子吸毒、剽窃和杀人时……我们再来抱怨吧。"

蒙塔巴诺埋怨自己了，他怎么能被这种老话匣子困住呢？他必须把"话崩"挡住，不然很快就会被冲走了。

"佐塔先生，请不要离题。"

"什么？"

"请不要离题！"

"谁离题了？你认为我早上六点起床，跑来这里，就是为了想到什么说什么吗？你觉得我没有更好的事情要做了吗？我知道我退休了，但是……"

"您认识格利佛夫妇吗？"

"格利佛夫妇？旅行之前从没见过。之后也没有，甚至不能说我见过他们。听过名字。我听到司机在离开前点名点到他们，他们回答了'到'。我们没有打招呼也没说话。没互相看过。他们非常安静，自己待着，自己干自己的。我说警长先生，这种旅行，大家一起才好玩。你讲笑话，你大笑，你唱歌。但是如果……"

"你确定你从没见过格利佛夫妇？"

"我可能在哪儿见过他们呢？"

"我不知道，在市场，或是烟草店……"

"买东西的是我老婆，我不抽烟。另一方面……"

"另一方面？"

"我原来认识一个叫彼得罗·吉福德的人。是个亲戚，关系不记得了。这个吉福德是个旅行推销员，喜欢讲笑话。有一次……"

"在丁达利的那天，你有没有偶遇格利佛夫妇？"

"我和我的妻子，我们到达目的地后没看到团里的任何人。我们去巴勒莫，我在那儿有个表哥。去埃里切，我有个堂兄住在那里。他们铺开红地毯邀请我们共进午餐。至于丁达利，别提了！我有个侄子在那儿，名叫菲利波，他到公共汽车站来接了我们，带我们去了他家，他老婆第一道菜是鱼，第二道……"

"司机往回走时，格利佛夫妇在场吗？"

"是的，先生，我听到他们回答了。"

"你有没有注意到，返程途中三次额外停车时，他们有没有下车？"

"我只是在告诉你，警长，我的侄子菲利波给我们吃了什么。好吧，我们下来都费劲，特别撑得慌！在返程途中，按计划停在酒店的时候我都不想下车。但是妻子提醒我说，都付了钱了。钱还能浪费吗？所以我只喝了一点牛奶，吃了两块饼干。我立马就开始觉得昏昏欲睡。我吃了东西之后总是这样。不论怎样，我开始打瞌睡。我真庆幸没有喝咖啡！因为，告诉你说，当我喝咖啡的时候……"

"那你就永远睡不着了。回到维加塔的时候，你看到格利佛夫妇下车了吗？"

"亲爱的警长，在那个时间，那么黑，我连老婆下没下车都看不清！"

"你记得你坐在哪儿吗？"

"这我记得，我记得我们，我和我妻子坐在哪儿。正好在汽车的中间。我们前面坐的是布法罗塔斯夫妇，后面是拉库格拉斯夫妇，旁边是博希克斯夫妇。我们早就认识他们了，这是我们第五次一起旅行了。布法罗塔斯夫妇，这对可怜的夫妇，他们需要出去散散心，摆脱烦恼。他们的大儿子皮皮诺死了，当时……"

"你记得格利佛夫妇坐在哪儿吗？"

"最后一排，我记得。"

"五个座位连着，没有扶手的那一排？"

"是的。"

"好的。就这些了。佐塔先生，你可以走了。"

"你什么意思？"

"我的意思是都问完了，你可以回家了。"

"什么？这到底是什么？就这点破事，你们让一个七十七岁的老头和七十五岁的老太过来？我们为了这件事早上六点就起床了！你们认为这样做对吗？"

※

最后一拨老人离开时已将近一点钟。当时，局里就跟刚办完大型野餐会似的。当然，办公室没有草，不过现在哪里还有呢？那些长在郊外的玩意儿，你也管那叫草？十中有四发育不良，半数叶片枯黄，如果你把手伸进去，有 99% 的概率会被隐藏着的喷水器扎到。

※

警长正想着这些事呢，心情又是一沉。坎塔雷拉刚才被派去打扫卫生，忽然停了下来，一手拿着扫帚，一手拿着一个不可言明之物。

"天啊，天啊，天啊！你能不能看看这个！"坎塔雷拉咕哝着，打量着地上捡起的东西，目瞪口呆。

"是什么？"

坎塔雷拉的脸立马变得通红。

"一个避孕套，头儿。"

"用过的？！"警长惊讶地问。

"不是，头儿，包装还没撕呢。"

这是唯一跟野餐垃圾不一样的地方。其他的脏东西全都一样堵心：包装纸、烟头、可口可乐和橙汁易拉罐、矿泉水瓶、面包和饼干屑，甚至有一个蛋卷冰淇淋在角落慢慢融化。

※

蒙塔巴诺已经对他、法齐奥和加鲁佐三人得到的答案进行了初步比较。毫无疑问，这也是他坏心情的原因之一，如果不是最主要原因的话。事实证明，他们对格利佛夫妇的了解一点也没比之前多。

不包括司机在内，大巴有 53 个座位。40 名乘客都聚集在前排座位，过道两侧各 20 人。但是格利佛夫妇却坐在了有 5 个位子的最后一排上，去程和返程都是如此，背靠大后窗。

他们从不跟别人说话，别人也不跟他们说。法齐奥报告说，其中一位旅客说：你知道吗？过了一会儿，我都把他们忘了，就好像不跟我们一起一样。

"但是，"警长打断说，"我们还没得到妻子生病的那对夫妻的证词，我记得是斯基姆吧。"

法齐奥微微笑了一下。

"你们真的认为斯基姆太太会错过这次聚会吗？毕竟她所有的女性朋友都在这儿。不，她来了，跟她丈夫一起来的，尽管她都快站不住了。她发烧三十八度九。我跟她谈的，加鲁佐跟她丈夫谈的，没什么收获。她本来不用那么紧张的。"

"折腾一晚上，生了个姑娘。"加鲁佐讲了这句俗话。意思是，丈夫在生产的妻子身边陪了一宿，结果生的是个女孩，而不是全家企盼的儿子。

"我们去吃饭吧？"法齐奥站起来问。

"你们两个先去。我再待一会儿。谁值班？"

"加洛。"

※

剩下自己一个人，他开始研究法齐奥画的大巴布局图。图的顶部是一个长方形，里面写着"司机"，之后是十二排，每排四个小长方形，每个都写着各自坐着的人，没人坐的就没写名字。

警长发现，每个小长方形里都有旅客的个人信息：姓名、父亲的名字、母亲的名字等等。法齐奥肯定是好不容易才忍住没有画大一点。在最后一排的五个座位上，他在各个长方形里分明写上了 G、R、I、FF 和 O（Griffo）。很明显，他没搞清楚夫妇二人到底坐在哪两个座上。

蒙塔巴诺开始想象自己参加了这次旅行。寒暄后肯定有几分钟的沉默，乘客要把座位调整舒适，解下围巾和草帽，检查手提包或口袋里的老花镜、房门钥匙等。接着就开始有欢呼的迹象、第一个对话、交杂的说话声……司机问：要打开收音机吗？乘客异口同声答道：不用……也许时不时有人转头看向后面，看向格利佛夫妇挨着坐的最后一排。他们在那里一动不动，好像聋了一样，好像和其他乘客之间的八个空座位是一道屏障，隔绝了嘈杂、话语、噪音和笑声。

这时候，蒙塔巴诺拍了拍额头，忘记了！司机告诉了他一些非常特别的事，他竟然给忽略了。

"加洛！"

与其说他是喊出了一个名字，倒更像是被扼住喉咙时发出的尖叫。门突然打开，吃了一惊的加洛出现了。

"怎么了，警长？"

"快帮我打电话给那个公司，名字我忘了，在那个宣传册上。有人就给我接进来。"

运气不错，会计接了电话。

"我需要一些信息。在上周末去丁达利的旅行中，除了司机和乘客外，有其他人在车上吗？"

"当然。您知道的，警长。我们公司准许某些推销员上车展示产品：厨房用具、洗涤剂、小摆设，诸如此类的东西……"听语气活像是国王恩准了一项请愿。

"你们收多少钱？"无礼的臣民蒙塔巴诺问道。

会计国王的语气变了，结巴起来："嗯……你知道……我们得考虑……那个……百分比。"

"我不感兴趣。我想要这趟车上的推销员的姓名和电话号码。"

※

"你好？是迪莱奥家吗？我是蒙塔巴诺警长。我想找一下比阿特丽斯·迪莱奥。夫人还是小姐？"

"我就是，警长。我还没结婚。我正想着你什么时候会来问我呢。如果你到今晚没有打电话的话，我明天就会去警局了。"

"你吃过午饭了吗？"

"还没。我刚从巴勒莫回来。在大学参加考试。我一个人住，其实该做点吃的了，不过真的不想折腾。"

"你想跟我共进午餐吗？"

"当然，为什么不呢？"

"半个小时后，圣卡洛杰罗餐厅见。"

※

用餐的八男四女都停了下来，一个接一个，叉子停在半空中，盯着刚刚走进来的女孩：一个真正的美女，身材高挑苗条，长长的金发，蓝眼睛。那种在杂志封面上会看到的女孩，只是一看家教就很好。她在圣卡洛杰罗餐厅是做什么的？警长还没来得及问自己这个问题，女孩就直奔他的桌子来了。

"您是蒙塔巴诺警长，对吗？我是比阿特丽斯·迪莱奥。"

她坐了下来。蒙塔巴诺不知所措地站了一会儿。比阿特丽斯·迪莱奥没有化妆，自然天成。也许这就是餐厅里的女人看她的眼神里没有嫉妒的原因。谁会去嫉妒出水芙蓉呢？

"你们想来点儿什么？"卡洛杰罗走近他们的桌子问。"本日的特别菜品是墨汁调味饭。"

"听起来不错。你要什么，比阿特丽斯？"

"我也要一样的，谢谢。"

蒙塔巴诺非常高兴她没有婆婆妈妈：请注意，不要太多哦，只放两勺这个，一勺那个。三粒大米，不要再多了。那可真是难以忍受。

"第二道菜有昨晚刚捕的海鲈鱼，也有别的。"

"就它了。我要鲈鱼。你呢，比阿特丽斯？"

"鲈鱼。"

"你的话，警长，一般是矿泉水和科尔沃白葡萄酒。你呢，姑娘？"

"一样的。"

他们什么关系？结婚了吗？

"顺便说一下，警长，"比阿特丽斯微笑着说，"提前声明，我吃饭的时候不能讲话。所以呢，你要么现在趁菜还没上问我，要么等到上菜的间隙问。"

天呐！真的有这样的事！遇到与自己有着同样灵魂的人！真是奇迹！唉，只可惜她看起来也就二十五岁，比自己小太多了。

"别管问话的事了，谈谈你自己吧。"

因此，在卡洛杰罗端上今日特别菜品调味饭（不是一般得特别）之前，蒙塔巴诺了解到，比阿特丽斯真的是二十五岁，已经完成了巴勒莫大学的文学课程论文，一边继续学习，一边当西里奥厨具的推销员。完全是西西里人的做派，只是一副诺曼人的长相。她出生在艾多内，她的父母还住在那儿。她为什么独自一人在维加塔生活和工作呢？很简单：两年前在艾多内，她遇到了一个维加塔的男孩，同时也是巴勒莫大学的学生，学法律的。他们相爱了，她同父母发生了激烈争吵，于是跟着男孩到了维加塔。他们在一栋丑陋的公寓六楼租了一个房间，但从卧室阳台就能看到大海。度过四个月的欢乐时光后，罗伯托（她男友的名字）留给她一张客气的小纸条，告诉她要搬去罗马了，他的未婚妻，一个远房表妹正在那里等他。她之后没有勇气回艾多内了。就是这样。

然后，他们的鼻子、味觉、喉咙都感受到了调味饭的美妙，于是按照约定陷入了沉默。

在等鲈鱼的时候，他们重新开始了谈话。格利佛夫妇的话题是由比阿特丽斯自己提出的。

"那对夫妇失踪了？"

"不好意思，但是如果你在巴勒莫的话，你是怎么知道的？"

"西里奥的经理昨天给我打电话了，说你召集了所有的乘客询问。"

"好的，继续。"

"我一般都随身带着一批样品。如果人满了，两大箱子样品会放到行李箱里。要是不满员，一般就放到最后一排，就在离车门最近的两个座位上，免得挡道。格利佛夫妇直接去了最后一排，坐到了那里。"

"还剩下三个座，他们占了哪两个？"

"嗯，丈夫坐在中间的座位，前面就是过道。妻子坐在他旁边。离车门最近的座位没有人坐。我那天早晨七点半到……"

"拿着样品？"

"没有。箱子头天晚上已经被西里奥的员工放到车上了。我们回到维加塔的时候也是同一个人过来搬走的。"

"继续。"

"我看他们恰好坐在箱子旁边，就建议他们找个更好的座位，因为那时车子几乎全是空的，也没有人预留座位。我跟他们讲，我必须展示商品，所以要来回走动，可能会打扰他们。老太太看都没看我，就只盯着前面。我觉得她是个聋子。丈夫看起来很担心，不，不是担心，是紧张。他回答说让我随便，他们不想换座位。中途，当我开始工作时，我请他挪一下。你知道他做了什么吗？他用屁股顶了一下妻子，让她挪到车门旁的空座上，自己坐到她原来的座位上，好让我把煎锅拿出来。但当我转过身背对司机，一手拿着扩音器，一手拿着煎锅的时候，格利佛夫妇已经坐回原来的位置了。"她笑了。

"我就照常干呗，就是觉得挺好玩儿的。不过……有一个乘客叫卡瓦列雷·米斯特雷塔，他几乎总是在那儿，他逼着妻子买了整整三套。明白了吗？他爱上我了！你都想象不到他老婆看我的表情。不管怎么说，我们给每位买家免费赠送价值一万里拉的报时表。所有乘客均可免费获得写有公司名称的圆珠笔一支。嗯，格利佛夫妇连圆珠笔都不想要。"

鱼来了，再次陷入寂静。

"你想要一些水果吗？咖啡？"当鱼只剩下鱼刺和鱼头的时候，蒙塔巴诺问。

"不用了，"比阿特丽斯说，"我喜欢保持大海的余味。"

他们不只是双胞胎，还是连体婴儿。

"不管怎样，警长，我推销的整个过程中一直在看着格利佛夫妇。他们只是坐在那里，一动不动，只是格利佛先生几次转身，回头从后窗向后看，好像害怕有车跟着大巴似的。"

"或者恰恰相反，"警长说，"他想确认有车跟着大巴。"

"也许吧。他们在丁达利没吃团餐。我们下车的时候，他们还坐着。我们回来的时候，他们还在那里。开车回去的时候，他们一次也没有出去，甚至在酒店停车时也没有。但是有一件事我很确定：是格利佛先生要求我们在帕拉迪索咖啡馆停的。我们就快到家了，司机想继续开车，但是他反对。到最后，几乎所有人都下车了。我待在车里。接着司机按了喇叭，乘客们回到车上，大巴开走了。"

"你确定格利佛夫妇也回到车上了吗？"

"我说不准。停车期间，我开始听随身听了，所以我那时戴着耳机，而且闭着眼睛。到最后打瞌睡了。直到我们回到维加塔，大部分乘客都下了车我才睁开眼，所以格利佛夫妇可能已经走回家了。"比阿特丽斯张开嘴，好像想说什么，接着又合上了。

"继续，"警长说，"不管是什么，即使在你看来很蠢，但可能对我有用。"

"好的。当那个人去大巴车上取样品的时候，我帮了他一下。拖第一个大箱子的时候，我把一只手放在格利佛先生几分钟前应该在的位子上。嗯，位子是凉的。如果你问我，两人在帕拉迪索咖啡馆停车后就没有上车的话……"

6

卡洛杰罗拿来账单，蒙塔巴诺付了账，比阿特丽斯站起来，警长也站起身，尽管感觉到有些遗憾。这个女孩真是大自然赐予的奇迹，可惜万事已矣。谈话结束了。

"我带你一程吧。"蒙塔巴诺说。

"我自己有车。"比阿特丽斯答道。

就在这个时候，米米·奥杰洛走了进来。看到蒙塔巴诺直接向他走来，接着突然停下脚步，目瞪口呆。仿佛民间传说中的天使经过，那个说阿门的天使，每个人都完全保持原状，僵住了。显然，他把注意力完全集中在了比阿特丽斯身上。他突然转过身，好像要离开。

"你是找我吗？"警长拦住他问。

"是的。"

"那你为什么要走？"

"我不想打扰你。"

"你什么意思，打扰！过来，米米。迪莱奥小姐，这是我的得力助手，副警长奥杰洛。这位年轻小姐上周末同格利佛夫妇一起旅游了，告诉了我一些有趣的事情。"

米米只是知道格利佛夫妇失踪了，但对调查一无所知。无论如何，他都没什么可说的，眼睛光是盯着女孩。

就在那时，魔鬼撒旦仿佛站到了蒙塔巴诺身旁，除了警长外，在场的人都看不见，他的样子和传说中一模一样：多毛的皮肤，分瓣的蹄子，尖尖的尾巴，短短的角。警长感觉到魔鬼火热的硫黄吐息灼烧着他的左耳。

"让他们好好认识一下吧。"魔鬼命令他。

蒙塔巴诺顺从了魔鬼的意志。

"可以再占用你五分钟吗？"他笑着问比阿特丽斯。

"当然。我今天下午都有空。"

"还有你，米米，你吃饭了吗？"

"呃……没，还没有。"

"那么坐我的位子，点些东西吃吧，这位年轻小姐可以跟你讲讲格利佛夫妇的情况，她已经告诉我了。我，很遗憾，有急事要处理。办公室见，米米。再次感谢你，迪莱奥小姐。"比阿特丽斯又坐回去。米米低身坐到椅子上，像穿着盔甲一样拘谨。他还没搞明白，这个天赐的宝物怎么就落到了自己的头上；但其中最大的礼物是，蒙塔巴诺怎么对他这么友好，反常啊。

与此同时，警长哼着歌离开了餐厅。他种下了一粒种子。如果土地肥沃（他确信，米米的土地肯定很肥），种子就会生长。这对丽贝卡，不管她的名字是什么，意味着再见。

"打扰一下，警长，但是难道你不觉得自己这样有点让人讨厌吗？"蒙塔巴诺的良知愤愤不平地问。

"呀，真是个讨厌鬼！"这是回答。

※

卡唯格里昂咖啡厅店长阿图罗站在门前，靠着门框晒太阳。他穿得跟个乞丐一样，夹克跟裤子都褪色了，破破烂烂的。当然，他在外面可是放了四五十亿里拉的高利贷。他是铁公鸡家族里的精钢铁公鸡。他给警长看过一张泛黄的指示牌，上面盖满苍蝇屎。牌子是他祖父在二十世纪初挂在店里的，上面写着：落座必须点一杯水。每杯两分。

"来杯咖啡吗，警长？"

他们走进店里。

"给警长来杯咖啡！"阿图罗一边叫着服务员，一边无意识地在数蒙塔巴诺从口袋里拿出的硬币。什么时候阿图罗决定免费提供奶油蛋卷了，世界末日也就来了。

"什么事，阿特？"

"我想跟你说一下格利佛的事。我认识他们。夏天的时候，每个星期天晚上，他们总是坐在餐桌旁，点两个冰淇淋蛋糕，丈夫要卡萨塔冰淇淋，妻子要榛子冰淇淋。那天早上我见到他们了。"

"哪天早上？"

"他们动身去丁达利的那天早上。公交总站沿街直走，就在广场上。我大概在六点钟开的门，前后差不了几分钟。呃，格利佛夫妇那天早上已经在那儿了，站在关着的百叶窗前面。大巴七点钟才出发！想想看吧！"

"他们吃什么或喝什么了吗？"

"他们每人吃了一个大约十分钟后面包师拿给我的热蛋糕。大巴六点半进的站。司机,他叫菲利普,进来点了一杯咖啡。格利佛先生立马向他走去,问他们能不能上车。菲利普说可以,他们就离开了,甚至连再见都没有说。他们在害怕什么,怕错过大巴吗?"

"就这些了吗?"

"嗯,是的。"

"听着,阿特,这个孩子被杀了,你认识他吗?"

"内恩·圣菲利波?几年前他还常来打台球。后来他就很少出现了。只有晚上来。"

"晚上是什么意思?"

"我凌晨一点关门,警长。他有时进来买几瓶威士忌、杜松子酒之类的,停下车,几乎总是有一个女孩在里面。"

"你有没有认出过谁?"

"没有。他可能是从巴勒莫、蒙特鲁萨或其他什么地方带来的。"

※

他在警局门外停了车,不想进去。摇摇欲坠的一堆文件正在桌子上等他签,光想想就让他右胳膊疼。检查一下口袋里还有足够的香烟之后,他又回到车上,朝蒙特鲁萨方向驶去。

两个城镇之间中途的位置恰好有一条农村小道,路藏在一块广告牌后面,通向一座颤颤巍巍的乡村小屋,小屋后面有一棵起码两百年的撒拉森大橄榄树。它看起来像一棵假树,舞台道具,像古斯塔夫·多雷的版画一样，又或是但丁《神曲》里的插图。最低的枝丫扫着地面，扭曲着。它们看来一开始想伸向天空，但上不去，于是长着长着，突然决定换个方向，回头向树干生长，形成了一个胳膊肘似的弯；在有的地方又打成了结。没过多久，它们又改变了主意，转过身来，似乎是看到满是凹痕、被烧过却依然坚挺的树干被吓到了。然后树枝分叉了，看上去就像毒蛇、蟒蛇、王蛇、水蟒，接着突然就生出了细嫩的橄榄枝。它们看上去很绝望，永远被巫术诅咒，被固定在那里，这个咒语使它们突然僵住了，用诗人蒙塔莱的话说，就是"定形"在了悲剧的、不可能的、持续的远程飞行之中。中间的树杈已经长到有一米长，好像突然迷糊了，不知道是该向上生长，还是向下，扎进根里，扎进土里。

蒙塔巴诺要是不想去东码头散步，闻海滨的气息，他就会来看这棵橄榄树。跨坐在一个较低的树枝上，他会点燃一根香烟，开始思考需要解决的问题。他发现树枝的纠缠、扭曲、重叠，简而言之，树枝的迷宫，以某种神秘的方式呈现出了他脑海里发生的事、交织的假设、积累的想法。如果某些猜想乍看起来太鲁莽或草率的话，看到那些树枝生长得要比他的想法更加肆意蔓延，这使他安心，推动他继续。

置身于银绿色的叶子中，他可以几个小时不动。他抽烟时一动不动，烟都不从嘴里吐出来，只是不时地需要点一根新的，或者在鞋后跟上使劲捻灭烟头。他会一直安静，不受打扰，乃至蚂蚁会爬进身上，潜入头发，走过手掌和前额。每次他从树枝上下来都必须好好抖动衣服，有时还会掉出来一两只小蜘蛛或者七星瓢虫。

※

坐在树枝上，他问了自己一个对调查方向很重要的问题：老夫妇的失踪和那孩子的被杀有联系吗？

警长抬起头，把烟头朝下，他注意到橄榄树的一个分支伸向了一个不可能的路径：曲线弧度很小，呈锐角，锯齿状，有点像老式的三叶散热器。

"不，我不会轻易上当。"蒙塔巴诺喃喃自语道，拒绝了这个想法。没有必要开脑洞，用不着。目前为止，事实，只用事实就足够了。

加富尔路 44 号所有居民，包括门房，一致认为，他们从未看到老夫妇和孩子在一起过。甚至一些偶然碰到的机会，比如等电梯，都没有过。他们的生物钟不同，过着完全不同的生活。想想看，两个不爱交际、脾气坏、话都不怎么跟别人说的老人怎么会跟一个二十多岁、口袋里有太多钱、每晚带不同的女人回家的小伙子有任何关系呢？

看起来最好把这两件事分开，起码现在是这样；失踪人口案、谋杀案发生在同一栋楼里只不过是巧合。暂且如此吧。此外，他不是已经决定不公开说明了吗？他已经把内恩·圣菲利波的资料给米米·奥杰洛去研究了，隐含的意思就是，谋杀案就归他查。而他自己，警长，负责格利佛夫妇。

阿方索和玛格丽塔·格利佛经常在自己家一待就是三四天，

好像被孤独所笼罩，没有任何有人在家的迹象，甚至连一声喷嚏或咳嗽都没有，什么都没有，仿佛在排练失踪一样……

阿方索和玛格丽塔·格利佛，在他们儿子的记忆中，平生只离开过维加塔一次，去的是墨西拿。接着有一天，阿方索和玛格丽塔突然决定要去丁达利旅游。他们是圣母玛利亚的信徒吗？但是他们从不去教堂！

他们对这次旅行很热切！据阿图罗所说，他们在出发前一小时就露面了，而且是第一个上车的，当时车还是空的。

尽管他们那时是车上唯一的乘客，有五十个座位可供选择，他们却选择了最不舒服的位子，那里已经放了比阿特丽斯·迪莱奥的两个装样品的大箱子。他们是因为没有经验吗？不知道坐最后一排的话，急转弯时会很难受，搞得胃疼？

如果我们假设，他们是为了远离他人，不跟其他乘客说话，那也是站不住脚的。如果一个人想保持沉默，即使周围有好几百人也没问题。所以，为什么坐到最后一排？

答案可能就在比阿特丽斯告诉他的话。她注意到，阿方索·格利佛时不时会转身通过后窗向后看。从那个位置，他可以看到跟在后面的车。但反过来，他也会被跟在大巴后面的车看到。看到和被看到——要是坐在其他座位就不行了。

到丁达利后，格利佛夫妇没有走动。比阿特丽斯没看见他们下大巴。他们没有和其他游客一块儿，镇上也没人看到他们。那么，那次旅行的目的是什么呢？为什么那次旅行对他们那么重要？

又是比阿特丽斯说了一些重要的事情。那就是，是阿方索·格

利佛让司机在距离维加塔还有不到半个小时车程的地方最后一次
加停。

也许在出发的前一天，格利佛夫妇还没想出去参加旅行。或
许他们本来想的是，像以往成百上千个周日一样，平凡地度过那
一个周日。除非出了什么事，让他们违背自己的意愿踏上旅程。
不是随便一次旅行，而是那一次。他们得到了明确的指令。但是
谁下的命令呢？他有什么本事控制这对老夫妻呢？

"连在一起想想。"蒙塔巴诺自言自语道，"假设是个医生。"

但他没有心情开玩笑。假设我们谈论的这个医生特别认真，
决定自驾跟随往返，确保病人一直坐在座位上。天黑以后，当他
们离维加塔不远的时候，医生用事先定好的信号打闪光灯，阿方
索·格利佛就让司机停车了。接着在帕拉迪索咖啡厅，这对夫妇
消失得无影无踪。也许这个有责任心的医生让这对老夫妻坐进了
他的车，也许他必须马上给他俩量血压。

※

这时候，蒙塔巴诺觉得不能再演《人猿泰山》，该回到文明
世界了。他抖掉衣服上的蚂蚁，问了自己最后一个问题：格利佛
夫妇得了什么神秘的疾病，用得着家庭医生这么认真负责呢？

※

维加塔斜坡前不远处有一个公用电话，竟然好使，真是神奇。
旅游车公司的老板马拉斯皮纳先生回答警长的问题，用了差不多
有五分钟。

"不，格利佛先生和太太从来没有参加过这种旅行。"

"是的，他们在最后一刻才定了位子，在周六下午一点，报名的最后期限。"

"是的，他们付的现金。"

"不，预定的人既不是格利佛先生也不是格利佛太太。柜台那儿的员工托特·贝拉维亚愿意对着《圣经》发誓，说来报名并付款的是一个看起来很尊贵的四十岁左右男士，自称老两口的侄子。"

马拉斯皮纳先生怎么恰好对这件事消息如此灵通呢？很简单，整个小镇全都在谈论格利佛夫妇失踪的事，他于是起了好奇心，决定自己弄清楚。

※

"头儿，那对老夫妇的儿子要去法齐奥的办公室等你。"

"要去，还是已经在了？"

跟坎塔雷拉说话真是一个字也不能落下。

"一样嘛，头儿。"

"让他进来。"

大卫·格利佛走进来，看起来很疲惫：胡子拉碴，眼眶微红，衣服皱巴巴的。

"我要回墨西拿了，警长。在这儿待着有什么用呢？我晚上睡不着觉，脑子里都是同样的想法……法齐奥先生说您还没什么发现。"

"很遗憾，是的。但是请放心，一旦有消息，立刻会让你知道。我们有您的地址吧？"

"是的，我留了地址。"

"在您离开之前，再问您一个问题，您有堂兄弟吗？"

"有一个。"

"多大岁数？"

"大概四十。"

警长竖起了耳朵。"他住在哪儿？"

"悉尼。他在当地工作。他三年没回来看他父亲了。"

"你怎么知道的？"

"因为他每次回来，我们都会安排见面。"

"你能把堂兄的地址和电话号码留给法齐奥吗？"

"当然。但是您为什么想要这个呢？你认为……"

"我不想留下任何死角。"

"听着，警长，如果认为我的堂兄可能跟这次失踪有关，那完全是疯了……抱歉，我不该这么说话。"

蒙塔巴诺用一个手势制止了他。"另一件事。你也清楚，我们会管没有血缘关系的人叫堂兄、叔叔、侄子什么的，就是出于情谊，因为我们喜欢他们……仔细想一想，你知道你的父母可能会管谁叫侄子吗？"

"警长，你显然不了解我爸妈！不可能的！不，先生，我认为他们不可能叫一个不是他们侄子的人侄子。"

"格利佛先生，我要重复一些你对我说过的话，请你原谅。希望你理解，这是为了我好，也是为了你好。你完全肯定你的父母没有对你说过打算去旅行吗？"

"他们什么都没说，警长，完全没有。我们没有互相写信的习惯，只是在电话里说。一般总是我打电话，每个星期四和星期天，晚上九点到十点之间。上周四我最后一次跟他们说话的时候，他们没提要去丁达利。事实上，挂电话前妈妈还说：周日再聊，像往常一样。如果那时已经打算去旅游，他们会跟我讲的，要是他们不在家，叫我不要担心；要是大巴回来迟了，会稍晚一点回电话。你不觉得这才是合常理的吗？"

"是的，当然。"

"但是他们什么也没说，于是我周日晚上九点十五分给他们打了电话，没人接。我当时就觉得不对劲。"

"当天晚上十一点左右，大巴才回维加塔。"

"我一直在拨电话，直到第二天早上六点。"

"格利佛先生，很遗憾我们必须考虑每一种可能性。即使有些可能性会让人不太好受。你的父亲有仇人吗？"

"警长，要是我嘴里有块糖，肯定要笑得喷出来了。即使我父亲的个性不太招人喜欢，但他是个好人。我母亲也是一样。爸爸已经退休十年了，从来没说过有任何人想伤害他。"

"他有钱吗？"

"谁？我爸爸吗？他靠退休金生活。他用两人的存款买了现在住的公寓。"

格利佛低下眼睛，心灰意冷。"我想不出任何理由。为什么他们会消失，或者什么事要逼得他们消失。我甚至去跟他们的医生谈了谈。他说，就他们的年龄来说，老两口身体挺不错的，也没有动脉硬化的迹象。"

"有时候，过了一定的年龄，"蒙塔巴诺说，"人们更容易受到某些情况的影响，更容易被说服……"

"我不懂。"

"呃，我不知道，有些熟人可能跟他们说，丁达利黑色圣母像有神迹……"

"他们要神迹干吗？不管怎样，他们对与上帝相关的事很冷淡。"

※

法齐奥走进办公室时，他正站起来准备前往与巴都乔·西纳格拉的见面地点。

"不好意思，头儿，你有奥杰洛的消息吗？"

"午餐时间我看到他了。他说晚点过来。怎么了？"

"帕维亚中央警局找他。"

一开始，蒙塔巴诺还没反应过来。"帕维亚？是谁啊？"

"是一个女人，但她没有告诉我名字。"

"丽贝卡！她肯定是担心起心爱的米米了。"

"这个帕维亚女人没有他的手机号码吗？"

"她有，但是她说没有打通，关机了。她说从午饭后已经打了好几个钟头了。如果她打过来，我应该跟她怎么说？"

"你在问我吗？"他在假装冲法齐奥发火，但内心深处却乐开了花。想不想打赌，种子发芽了没？

"听着，法齐奥，不要担心奥杰洛警长。他早晚会露面的。

84

我正要跟你说呢，我要出去。"

"回马里内拉的家？"

"法齐奥，我没必要告诉你我要去哪儿，或者不去哪儿。"

"天呀，我问了什么啊！这么惹你生气啊？我就是问了你一个简单的、无辜的问题啊。请原谅我的冒昧。"

"听着，我才是应该请求原谅的人。我有点烦躁。"

"看出来了。"

"我要告诉你的话，你不要告诉任何人。我要去赴巴都乔·西纳格拉的约。"

法齐奥脸色发白，眼神惊恐地看着他。"你在开玩笑吗？"

"没有。"

"那人是头野兽，头儿！"

"我知道。"

"头儿，不管你会有多生气，但我仍然要说，在我看来，你不应该赴约。我有消息要告诉你。巴都乔·西纳格拉先生目前是个自由的人。呃，自由万岁！这个人在监狱里度过了二十年，身负至少二十桩血案，至少！"

"我们还没证据。"

"不管有没有证据，他就是个垃圾。"

"我同意。但你忘了吗，我们的工作就是处理垃圾。"

"好吧，如果你想去的话，头儿，我跟你一起去。"

"你不能离开办公室。别让我告诉你这是命令。如果非要我说出来，那我就是真生气了。"

7

　　巴都乔·西纳格拉先生与他的大家庭住在一起，在一栋巨大的山顶乡间别墅里。这座山丘过去被称作丘卡法山，位于维加塔和蒙泰雷亚莱之间。

　　丘卡法山有两个独特的地方。首先，光秃秃，连一片绿叶小草都没有。土地上从没长过一棵树，甚至连一株狗尾巴草、一棵灌木、一丛紫云英都没长过。的确，房子周围有一片树丛，但都是长成后由西纳格拉先生移植来的，形成了一个小的树荫。为了防止它们枯死，西纳格拉用货车专门拉了土壤来。第二个特点是，从山上任何地方看，不论从什么角度，除了西纳格拉的住处外没有其他任何住所，无论是小屋还是别墅。人们只看到一条三公里长的宽阔道路蜿蜒上升，是巴都乔先生自费修建，他自己喜欢这样说。没有其他的房子并不是因为西纳格拉买下了整座山，而是因为另外一个微妙的原因。

　　事实上，根据不久前的新开发规划，丘卡法的土地可用于建设和开发。尽管如此，土地所有者斯多提律师和劳里切拉侯爵虽然手头不宽裕，但也不敢冒险将土地卖掉，因为他们害怕会冒犯巴都乔先生。事实上，他已经叫他们来谈过了，通过隐喻、箴言和轶事让他们了解到，外人的出现对他来说是件难以忍受的麻烦事。公路占据的土地由斯多提律师所有，但是为了避免任何危险的误解，他坚定拒绝了非强制征用的补偿金。事实上，在镇上有传言说，两名地主同意平均分担损失。律师放弃了那块土地，而侯爵则优雅地把公路当作礼物送给了巴都乔先生，他承担了公路建设的劳工费。小道消息还说，由于坏天气，每当路面上有凹坑或磕磕碰碰时，巴都乔先生就会向侯爵抱怨，眨眼的工夫，后者马上就会让路面像台球桌子一样光滑。

※

大约三年来，西纳格拉和库法罗家族的关系不太融洽，一直在明争暗夺全省的地盘。

巴都乔先生的长子，六十岁的马西诺·西纳格拉被捕入狱，身负多重重罪。在准备开庭阶段，虽然罗马方面已经决定废除无期徒刑，但立法机关还是给他判了无期。马西诺的儿子、巴都乔先生心爱的孙子夏匹尺诺，一个孩子气十足的三十岁男人，天生就有一张甜美真诚的面容，让退休老人们放心地把毕生积蓄托付给他，如今在一系列逮捕令的穷追猛打之下，也被迫躲藏起来。经过数十年昏昏欲睡的倦怠之后，巴都乔先生被这场前所未有的正义大追捕搅得缭乱不安。西西里岛两位勇敢的法官被杀的消息让他感觉年轻了三十岁，但随后的消息又让他回到了悲伤的老年，因为他得知，新任首席检察官是他最不喜欢的人：倾向共产主义的皮埃蒙特。一天，看晚间新闻时，他看到新任地方检察官跪在教堂。

"他在干吗，做弥撒？"他曾经惊奇地问。

"是的，先生，他信教。"某人解释道。

"什么？神父难道什么也没有教他吗？"

巴都乔先生的小儿子内里诺已经完全疯了，开始说一种难以理解的语言，他自称是阿拉伯语。从那一刻起，他就开始打扮得像个阿拉伯人，因此在镇上得了个绰号：谢赫。

谢赫的两个儿子在国外的时间都比在维加塔要长。皮诺在外交事务中长袖善舞，所以在艰难时刻总是肩扛重任，往返于美加之间。另一方面，卡卢佐一年中有八个月在波哥大。于是，家族自己的产业不得不由老族长承担，现在有一个堂弟帮忙，他叫萨罗·马吉斯特罗。据谣传，这个马吉斯特罗有一次杀了一个库法罗家族的人，然后用叉子烤熟他的肝脏，吃了下去。

库法罗家族那边也没好多少。两年前的一个星期天早上，出于对主的虔诚和雷打不动的习惯，八十多岁的家族头目西西诺·库法罗先生上了车去参加弥撒。开车的是他最小的儿子贝尔蒂诺。汽车打火时发生了大爆炸，把窗户崩到了五公里远的地方。一个叫阿图罗·斯潘皮纳托的会计，本来与这件事没有任何关系，以为是发生了可怕的地震，自己从六楼窗户跳了下来，结果自然是粉身碎骨。后来只发现了西西诺先生的左手和右脚；至于贝尔蒂诺，只有四块被烧焦的骨头。

库法罗家族并没有像镇上所有人想象的那样把账算到西纳格拉家族头上。库法罗家族和西纳格拉家族都知道，这起致命爆炸是第三方造成的，新兴的黑手党。雄心勃勃的年轻朋克们不懂得尊重，不分场合，无法无天，脑子里只想着踩着两大家族的尸骨上位。这里还有一个解释：毒品向来是康庄大道，现在更是成了六车道高速公路了。现在需要的是年轻、坚定、有手腕的人物，既能使用卡拉什尼科夫冲锋枪，又有良好电脑技能的人。

※

所有这些事情都在警长开车去丘卡法山的路上在脑子里过了一遍。他眼前还浮现出了一出"悲喜交加"的场面，电视上看的。当时一周内连续死了十个人，然后一个费拉反黑手党委员会的人一边浮夸地撕扯着衣服，一边用哽咽的声音质问："国家在哪里？"

与此同时，为数不多的宪兵、四个警察、两个海岸警卫队队员、三个助理检察官都惊讶地看着他。他们在费拉代表国家，每天都冒着生命危险。这位卓越的反黑手党局长显然当时失忆了。他忘了，至少在某种程度上，他就是国家。现在局面变得这么糟，那么就是他，跟其他人一起，把国家弄成了这个样子。

在山的最下面，通向巴都乔先生宅邸的单行柏油马路的起点有一栋单层别墅。当蒙塔巴诺的车开近的时候，一个人出现在窗口。他注视着车，然后把麦克风拿到耳边，提醒安保人员。

路两边或是电线杆或是电话杆，每一百或者五十码左右有一片空地，是休息区。每个休息区都有一个人，肯定有，或者在车里，用手指抠着鼻子，或者站在那里数空中飞的乌鸦，又或者假装在修一辆小轮摩托车，这些都是哨兵。任何地方都看不到武器，但是警长知道得很清楚，如果有必要，它们就藏在石头或电线杆后面，随时备用。

※

铸铁大门是敞开的，是宅邸高耸围墙唯一的开口处。加塔达罗律师站在门前，脸上挂着明亮的微笑，深深鞠着躬。

"直行，然后右拐，就是停车位了。"

在停车处有大约十辆不同类型的车，从豪华车到经济型都有。蒙塔巴诺停下，从车上下来，加塔达罗气喘吁吁地跑过来了。

"我从来没有怀疑过您的鉴别力、理解力和天分！巴都乔先生会非常高兴的！警长，请，我带您进去。"

入口车道最开始的地方有两棵巨大的智利杉树。每棵树两旁各有一名奇怪的岗亭，说奇怪是因为它们看起来像儿童游戏房。岗亭墙上还真贴着超人、蝙蝠侠和大力神的贴纸。但每个岗亭都有一个小门和窗户。

律师注意到了警长的注视，插话道："这是巴都乔先生为孙子们建的儿童游戏房，我是说，重孙子。一个叫巴都乔，跟他同名，另外一个叫塔尼诺。他们一个十岁，一个八岁。巴都乔先生非常喜欢两个孩子。"

"不好意思，律师先生，"蒙塔巴诺脸上带着天使般温顺的表情问，"左边游戏房窗户上有胡须的那个人，是巴都乔还是塔尼诺啊？"

加塔达罗优雅地忽略了这个问题。他们走到正门前面，那里有一座黄铜镶嵌的黑胡桃木纪念碑，依稀让人想起美式的棺材。

花园里有老式的玫瑰花床、葡萄藤、花草，还有一池金鱼，给花园平添一分优雅（见鬼，这王八蛋从哪里弄来的水啊？）。

在花园的一个角落里有一个巨大、结实的笼子，里面是四只杜宾犬。在沉默中，它们估摸着客人的重量和体格，带着要连人带衣活活吃掉的欲望。很明显，笼子晚上是开着的。

看到蒙塔巴诺正朝像棺材一样的前门走去，加塔达罗说道："不，警长，巴都乔先生在花坛等你。"

他们走向了别墅的左手边。花坛空间很大，三面开敞，顶上是宅邸的阳台。右手边是六个细长的拱形门，出去就能欣赏到一片绚烂的风景。延绵几英里的海滩和大海，在地平线上映衬着卡波罗塞洛山的参差轮廓。对面的风景就不尽人意了：没有丝毫绿色气息的水泥色大草原，维加塔在远处，淹没在里面。

在花园有一个沙发、四个舒适的扶手椅、一个低矮的宽咖啡桌。大概十个椅子靠着唯一的一堵墙排着，毫无疑问，是开全体会议用的。

巴都乔先生，即使穿着衣服也是骨瘦如柴，坐在双座沙发上，膝盖上盖着一条格子毛毯，尽管天气并不冷，也不刮风。坐在他旁边扶手椅上的是一位五十岁上下的神父，面色红润，着立领长袍，警长进去的时候他站了起来。

"这就是我们亲爱的蒙塔巴诺警长！"加塔达罗用尖厉的声音欢快地宣布。

"原谅我不能起身，"巴都乔先生虚弱地说，"我再也不能用自己的腿站起来了。"

他没有想要和警长握手的迹象。

"这是萨韦里奥先生，萨韦里奥·克鲁西。以前是，现在也是夏匹尺诺的教父，我那受上帝保佑的小孙子，被坏人诽谤和追捕。幸亏他信仰诚笃，把遭受的迫害视作对主的奉献。"

"有信仰总是最好的！"克鲁西神父叹息着说。

"即使睡不着，也能躺一躺。"蒙塔巴诺插话说。

巴都乔先生、加塔达罗和神父都惊讶地看着他。

"不好意思，"克鲁西先生说，"可我觉得你错了。这句谚语是关于床的，是这样说的：世间万物床最妙，即使睡不着，也能躺一躺。不是吗？"

"你是对的，我错了。"警长承认道。

他真的错了。他妈的，他干什么呢？通过改编一则谚语、套用宗教里的陈词滥句来开个玩笑？实际上，对巴都乔·西纳格拉的宝贝孙子这样的刽子手来说，宗教就是精神鸦片！

"我要告辞了。"神父说。他向巴都乔先生鞠了个躬，后者挥手示意，接着他又向警长鞠了个躬，警长轻轻点了点头，然后他抓住了加塔达罗的胳膊。

"你要跟我一起走，不是吗，律师先生？"显然，他们提前都计划好了，要让蒙塔巴诺和巴都乔先生先单独留下。律师晚些时候再过来，要给客户（他喜欢用这个称呼，但实际上这个人是他的老板）留下足够的时间，在没有旁观者的情况下，对蒙塔巴诺说出想说的那些话。

"请随意。"这个老头用手指着神父克鲁西刚刚坐过的扶手椅说。蒙塔巴诺坐了下来。

"喝点什么吗？"巴都乔先生一边问，一边把手伸向沙发扶手上有三个按钮的控制面板。

"不了,谢谢。"蒙塔巴诺忍不住想知道另外两个按钮是干什么的。如果第一个按钮是召唤女仆的,第二个可能是叫杀手来的,那么第三个呢?也许能够发出警报,发动第三次世界大战吧?

"告诉我一些事吧,我很好奇。"老人说着,整了整盖在腿上的毯子。"刚才你进来的时候,如果我把手递给你,你会跟我握手吗?"

好问题,你个狗娘养的!蒙塔巴诺想。他立马决定真诚回答。

"不会。"

"能告诉我为什么吗?"

"因为你我站在道路的对面,西纳格拉先生。至少暂时,虽然也许不会持续太久,但还没有宣布停战。"

老人清了清嗓子,接着又清了一下。那时警长才意识到巴都乔先生在笑。"不会太久?"

"已经有迹象了。"

"希望如此吧。言归正题。警长,你肯定很好奇,为什么我想要见你。"

"不。"

"你就知道说'不'吗?"

"老实说,西纳格拉先生,我已经知道所有我作为警察对你感兴趣的事了。我已经读过你案子的所有卷宗,甚至我出生之前的也都读了。作为一个人,你一点也不让我感兴趣。"

"那么你为什么来呢?"

"因为我不会自视太高，不会拒绝任何想跟我谈话的人的请求。"

"说得好。"老人说。

"巴都乔先生，如果你有什么事要跟我说，那好。否则……"

西纳格拉先生似乎在犹豫。他将自己乌龟似的脖子向前伸向蒙塔巴诺，使劲用他那呆滞无神的青光眼目不转睛地盯着他。

"当我还是个孩子的时候，视力好得可怕。而现在眼前的迷雾越来越多了，警长。雾越来越厚。我说的不只是眼病。"

他叹了口气，靠在沙发靠背上，仿佛陷在里面一样。

"一个人只应该活到正确的岁数。九十岁，很大岁数了，太长了。当不得不重新拾起你以为自己已经摆脱的东西的时候，那就更困难了。警长，夏匹尺诺的事让我精疲力竭。我很担心他，睡不着觉。他得了肺结核。所以我告诉他：到宪兵队自首吧，至少他们会把你的病治好。但是夏匹尺诺还是个孩子，像所有的孩子一样固执。不论如何，我不得不考虑再次出山。但这很困难，真的很困难。因为时代过去了，人们已经改变了。你再也不懂他们怎么想了，不明白他们脑子里在想些什么。过去是，举个例子，过去是你有问题时可以讲道理。也许花费很长时间，也许一天又一天，也许事情变得很严峻，大动肝火，但你仍然可以讲道理。如今人们都不愿讲道理了，他们不愿意浪费时间。"

"那他们干什么？"

"他们开枪，警长，他们开枪。而且都非常擅长，甚至是最愚蠢的人也擅长。现在，例如，如果你把枪从口袋里拿出来。"

"我没有枪，我不带枪。"

"真的吗？"巴都乔先生确实感到非常惊讶。"那你太粗心了，警长！如今罪犯到处跑。"

"我知道。但我不喜欢武器。"

"我也不喜欢。但正像我刚说的，如果你拿着一支枪指着我，说巴都乔，给我跪下。我没有选择。因为我手无寸铁，我就得跪下来。这是合乎逻辑的，不是吗？但这并不意味着你是个高尚的人，这只意味着，原谅我的用词，你是手上有枪的一坨屎。"

"那高尚的人怎么做事呢？"

巴都乔说："警长，并不是他怎么做事，而是他用什么做事。你手无寸铁地来到我的住处，跟我谈话，你给我解释这个问题，你给我权衡利弊。如果最开始我不同意你的观点，第二天你回来，我们再辩论。我们谈个明白，直到我被说服，这是唯一的解决办法，为了我自己和别人好，跪下来。"

忽然间，孟佐尼的《声名狼藉》里的一段话从警长脑中一闪而过。一个人窘迫已极，他只能说：告诉我你想要我说什么，或者诸如此类。但蒙塔巴诺并不想跟巴都乔先生讨论孟佐尼。

"但我的印象是，即使在你所说的那个所谓'幸福年代'，通行做法也是杀掉不愿下跪的人。"

"当然！"这个老人激动地说。"当然！但是杀死一个拒绝服从的人，你知道在过去这意味着什么吗？"

"不知道。"

"这意味着你打了败仗，因为那个男人的勇气让你别无选择。

你懂我意思了吗？"

"是的，我懂了。但是，西纳格拉先生，你看，我到这里来，不是为了听你讲黑手党历史的，从你的角度。"

"但你已经从法律的角度了解过这段历史了。"

"当然。但你是一个失败者，西纳格拉先生，大抵如此。历史从来不由失败者书写。现在，是那些不愿讲理、只开枪射击的人更可能书写历史。现在的赢家。那么现在，如果你不介意……"

他好像要站起来，但老人打了个手势拦住他。

"对不起。我们老家伙们，就像疾病一样，太肆无忌惮了。简而言之，警长，我们可能犯了某些大错，真正的大错。我说'我们'，是因为我也在替已经去世的西西诺·库法罗和他的人说。他活着的时候一直是我的敌人。"

"什么？你开始忏悔了吗？"

"不是的，警长，我永远不会在法律面前忏悔。在天堂里，上帝面前，我会的，当那一刻到来的时候。我想说的是这个：我们犯了某些巨大的错误，但我们一直知道，有一条线永远不应跨过，永远不。因为，一旦你跨过这条线，人和兽之间就没有任何区别了。"

他闭上了自己的眼睛，精疲力竭。

"我懂。"蒙塔巴诺说。

"但你真的懂吗？"

"真的。"

"两件事？"

"对。"

"那我已经说完了我想要告诉你的事。"老人睁开眼睛继续道。"如果你想走的话，你可以走了。再见。"

"再见。"警长站起来回答道。他穿过院子，沿着小路走，并没有碰到任何人。当经过智利杉树下的两间儿童游戏房时，他听到了孩子们的声音。一个房子里有个小男孩，拿着玩具水枪，而对面的游戏房里是另一个小男孩，举着一杆科幻电影里那种机枪。很明显，加塔达罗撵走了有胡子的看守，然后飞快地用巴都乔先生的曾孙取代了他，这样一来警长就不会有错误的想法了。

"梆！梆！"拿着水枪的男孩喊道。

"砰砰砰砰！"拿着机枪的男孩回答道。

他们正在为成年提前进行训练。但也许他们甚至不需要长大。事实上，前一天在费拉，警察逮捕了一个被媒体称为"杀手宝宝"的男孩，年仅十一岁。一个线人（蒙塔巴诺自己不能叫他们忏悔者，更不用说证人了）透露有一所公立学校，专门教孩子们如何开枪杀人。当然，巴都乔先生的曾孙们不需要进入这样的学校，他们可以在家里得到一切所需的教育。

没有加塔达罗的任何迹象。门口是一个戴贝雷帽的人，警长开车经过的时候，他脱帽致意，然后立刻关上了门。下山的时候，蒙塔巴诺自然而然注意到了路面是多么平整。一颗卵石也没有，一个裂缝也没有。路面维护肯定花了劳里切拉侯爵不少钱。尽管一个多小时已经过去，休息区的情况仍没有改变。一个人在看着天上的乌鸦，第二个在车里吸烟，第三个仍然在试着修理摩托车。看到最后一个人，蒙塔巴诺忍不住想要打烂他的头。开到他面前的时候，蒙塔巴诺停了下来。

"打不了火吗？"他问。

"打不起来。"那人答道，目瞪口呆。

"想让我看一看吗？"

"不用了，谢谢。"

"我可以让你搭我的车。"

"不用！"那人愤怒地大喊。

警长继续开车上路。在路尽头的小别墅里，拿手机的男人已经回到窗边了，显然已得到了消息：蒙塔巴诺即将离开巴都乔先生的疆域了。

※

天色渐渐黑了。回到镇上，警长开向了加富尔路。他停在44号门前，打开后备箱，拔下钥匙下了车。门房不在，去往电梯的路上也没有看到任何人。他打开格利佛夫妇公寓的门，进去以后就关上了。这地方闷热潮湿。他打开灯后开始工作，花了一小时收集能找到的所有文件，然后把它们放到了一个从厨房拿来的垃圾袋里。他还找到了一个拉扎罗尼脆饼的铁盒，里面塞满了各种收据。查看格利佛夫妇的相关文件是调查最开始就应该做的事，但被忽视了，被其他关注点分散了注意力。那些文件可能包括格利佛夫妇疾病的秘密，让那个有责任心的医生一直开车跟在后面。在门口准备关灯时，他想起了与巴都乔先生见面，法齐奥可能会担心。电话在餐厅里。

"喂，喂！你是谁啊？这是维加塔警局。"

"坎塔，我是蒙塔巴诺。法齐奥在吗？"

"我立刻把电话给他。"

"法齐奥？我只是想让你知道，我平安回来了。"

"我知道，头儿。"

"谁告诉你的？"

"没有人，头儿。你离开后我跟在你后面。我在警卫待的那个小屋子附近等你来着。你出来我就回总部了。"

"有任何消息吗？"

"没有，头儿，除了那个女的不停从帕维亚打电话过来找奥杰洛。"

"她迟早会找到他的。听着，你想知道跟那人见面说了什么吗？"

"当然，头儿。我好奇得要死。"

"好吧，我不准备告诉你。你可以死，与我无关。你知道我为什么不告诉你吗？因为你违背了我的命令。我告诉你不要离开总部，你还是自作主张跟踪我？"

他关了灯，把垃圾袋挂在肩膀上，离开了格利佛夫妇的家。

8

　　他打开冰箱，发出一声纯粹喜悦的嘶吼。管家阿德莉娜给他做了两条洋葱酱腌大鲭鱼。他得花一晚上时间才能吃完，但那也值了。为了帮助消化，他去厨房确认有小苏打，这才开始用餐。心脏可别出什么事啊。他坐在阳台上将菜风卷残云，剩在盘子里的只有鱼骨头和鱼头，简直可以当化石标本了。

　　收拾好桌子之后，他把装着从格利佛夫妇家拿出的文件的垃圾袋倒空。也许某些地方的一个短语、一个句子、一个暗示就能揭示老人失踪的那个原因，或者原因之一。他们保存所有的东西：书信、贺卡、照片、电报、电费和电话费账单、收入报表、发票和收据、广告宣传册、巴士票、出生证明、结婚证、退休证、医疗服务卡、到期的会员卡，甚至还有一份在世证明的副本，这是愚蠢官僚作风的顶峰了。从这样一份文件中，果戈理肯定能写出媲美《死魂灵》的佳作。要是落入弗兰兹·卡夫卡手中，他肯定会写出另一篇折磨人的短篇小说。现在已经有了"自我证明"，接下来应该做什么呢？用公务员的行话说，"流程"是什么？在一张纸上写上：我，署名人萨尔沃·蒙塔巴诺，特此证明我自己是存在的，然后签字并交给相关人员吗？

不论如何，这些讲述格利佛夫妇情况的一堆文件并没什么大用处，就是一公斤的表格，废纸。直到凌晨三点，蒙塔巴诺才检查完。

正如他们所说，"折腾一晚上，生了个姑娘。"他把文件装回袋子，上床睡觉了。

※

与他的担忧相反，大鲭鱼安安静静地消化了，它们的尾巴没有在他肚子里翻江倒海。他这才可以美美睡了四个小时。起来时七点了。他比平常多洗了一会儿澡，虽然将储水箱都用空了。一边淋浴，他一边逐字逐句回顾了跟巴都乔先生的整个对话。在采取行动前，他希望确定自己理解了老人想传递给他的两个信息。最后，他确信已经正确地领会了。

※

"警长，我想告诉你，奥杰洛两个小时之前打电话来了。"法齐奥说，"说他十点左右过来。"

米米迟早会振作起来的，之前发生过不少次了。蒙塔巴诺听到消息后怒气勃发，因为他的副手又没当回事。但是这次警长保持了冷静，甚至笑了。

"昨天晚上你回到这里之后，帕维亚那个女人又打电话来了吗？"

"没错，她打了。又打了三次才死心。"

法齐奥一边说话，一边挪动着双脚，不断变换重心，就像某些人想要赶紧离开，却又被事情耽搁下的时候一样。但是法齐奥没有急着离开，他要被好奇心吃掉了，但是不敢开口问西纳格拉对上司说了什么。

"关上门。"

法齐奥一跃而起，锁上了门，回来坐到椅子边上。上身前倾，眼睛闪着光，看起来像一只饥肠辘辘的狗等着主人扔给它一根骨头。但他对蒙塔巴诺问的第一个问题有点失望。

"你知道一个名叫萨韦里奥·克鲁西的神父吗？"

"听说过，但不认识。我知道他不是附近的人。如果我没搞错的话，他来自蒙泰雷亚莱。"

"把他查清楚。他住在哪儿，习惯有哪些，礼拜时间是什么时候，跟谁有交往，人们怎么评价他等等。全部都要查。做完这个之后——我希望你今天就做完……"

"我会回来给你报告。"

"不对，你不要跟我报告。你要跟踪他，悄悄地。"

"交给我来办吧，头儿。即使他脑袋后面长眼睛也看不到我的。"

"又错了。"

法齐奥看起来很震惊。

"头儿，跟踪的原则就是不被发现吧。否则，有什么意义？"

"这个案子情况不同。我想要那个神父知道你在跟着他。事实上，我想让他明白，你是我的人。这很重要，知道了吗，让他意识到你是一个警察。"

"我以前没干过这样的活。"

"其他人也没有，不管怎样，你都必须让他知道，你在跟着他。"

"我可以跟你说实话吗，头儿？你说的我一个字都没听懂。"

"没关系，你没必要懂。照我说的做就行了。"

法齐奥看起来生气了。

"警长，我要是不懂就干不好。你给我解释解释吧。"

"法齐奥，克鲁西神父希望被跟踪。"

"但是为什么呢？为了上帝之爱？"

"因为我们希望他带我们去某个地方，但是我们还希望，他在这样做的时候要假装自己不知道正在这样做。就是一场戏，懂了吗？"

"我开始懂了。谁会在神父带我们去的地方等我们？"

"夏匹尺诺·西纳格拉。"

"我操！"

"嗯，你说'敬语'了，说明你终于认识到问题的严重性了，"警长说，"像他们书上说话的方式一样。"

与此同时，法齐奥开始怀疑地看着他。"你是怎么发现克鲁西神父知道夏匹尺诺的藏身处的呢？全世界都在找他：反黑手党委员会、机动小组、ROS还有特勤局，但都找不到。"

"不是我发现的，是他告诉我的。好吧，其实他也没告诉我，但是他给了我暗示。"

"谁？克鲁西神父？"

"不。巴都乔·西纳格拉。"

房间里好像发生了一场小地震。法齐奥脸色火红，摇摇晃晃，向前一步，又向后两步。

"他的祖父？"他问道，上气不接下气。

"冷静，你看起来像木偶戏里的角色似的。是的，确实如此，他祖父想要这个孙子入狱。然而，夏匹尺诺可能并不完全服气。祖孙之间的信息是通过神父传达的，巴都乔在自己家把他引见给我。如果他不想让我看到他，在我到达之前，他早就把他送走了。"

"我只是不大明白，头儿。他在想什么？夏匹尺诺要想活命，就算上帝也救不了他。"

"上帝可能不行，但其他人或许可以。"

"怎么救？"

"杀了他，法齐奥。他在监狱里倒很有可能活命。新黑手党里的小混混对这些人很不好，对西纳格拉和库法罗家族都一样。所以最高安全级别的监狱不仅对外边的人意味着安全，对里面的人也是如此。"

法齐奥稍微想了一下，最后似乎被说服了。

"我要在蒙泰雷亚莱过夜吗？"

"不用。我觉得神父晚上不会出门的。"

"当他准备带我去夏匹尺诺藏身处的时候，克鲁西神父会怎么让我知道呢？"

"不用担心，他会找到方法的。但他领你去的时候，我警告你，你不要自作聪明，擅自行动，立刻跟我联系。"

"头儿，我认识你太长时间了，知道你没有把实话都说出来。"

"比如说？"

"巴都乔先生肯定告诉你其他事情了。"

"你是对的。"

"我能知道是什么吗？"

"当然。他说不是他们，他向我保证也不是库法罗家族。所以犯人肯定是新来的这些。"

"犯了什么罪行的罪犯？"

"不知道。目前我不知道他指的究竟是什么。但我开始明白了。"

"你能告诉我是什么吗？"

"还太早。"

法齐奥还没来得及拧钥匙，就被门猛地推到了墙上。是坎塔雷拉。

"你差点撞断我的鼻子！"法齐奥说，手扶在脸上。

"头儿，头儿！"坎塔雷拉喘着气说，"抱歉闯进来，但是，局长亲自……"

"他在哪儿？"

"电话里，头儿。"

"接进来吧。"

坎塔雷拉像个兔子一样冲出去，法齐奥出门之前等着他先走。

博内蒂·阿德里奇局长听起来像在冰箱里说话一样，声音冰冷。

"蒙塔巴诺？如果你不介意的话，先问你一个问题，你是开车牌号 AG334JB 的菲亚特牌蒂波车吗？"

"是的。"

现在博内蒂·阿德里奇的声音简直像是从北极来的。背景中可以听到熊在咆哮。"立即到我办公室来。"

"我大概一个小时后过去，这样我就能……"

"你听不懂意大利语吗？我说立即！"

※

"进来吧，把门敞着。"局长一见蒙塔巴诺到门口了就命令道。一定是个非常严重的问题，因为一分钟前在走廊上，拉特斯假装没有看到他。蒙塔巴诺走近桌子的时候，博内蒂·阿德里奇站了起来，过去打开窗户。

我肯定是变成病毒了，蒙塔巴诺想。他怕我感染空气。

局长坐了回去，却没有示意蒙塔巴诺也坐下。这跟他上高中的时候一样，校长会把他叫到办公室痛骂一顿。

"很好。"局长说，上下打量着他。"真棒，太奇妙了。"

蒙塔巴诺没有喘气。在决定如何行动之前，他需要知道上级发怒的原因。

"今天早上，"局长继续说，"刚到办公室我就发现了一个消息，我会毫不犹豫称之为令人不愉快的消息。事实上，令人相当不愉快。那篇报告使我陷入了愤怒，关于你的。"

闭嘴！警长严肃地命令自己。

"这个报告上说，一辆菲亚特－蒂波，车牌号……"他停顿了一下，身体前倾去看桌上的纸。

"AG334JB？"蒙塔巴诺小心翼翼地说。

"闭嘴。我会说的。一辆车牌号 AG334JB 的菲亚特－蒂波，昨天晚上在开往臭名昭著的黑手党老大巴都乔·西纳格拉家的路上经过了我们的检查站。经过搜索后，他们证实这辆车属于你，认为有责任通知我。现在，告诉我，你难道蠢到以为那栋别墅不在持续监视中吗？"

"不！当然不！你怎么能这么说呢？"蒙塔巴诺说，假装非常惊讶。在他的头顶上，毫无疑问，出现了圣徒式的光环。他装出一副担心的表情，咬紧牙关，喃喃低语："该死！走错一步！"

"蒙塔巴诺，你完全有理由担心！我需要一个解释，一个令人满意的解释。否则你富有争议的职业生涯就此结束。你的执法方法常常踩在法律的边界，我已经容忍你太长时间了！"

警长垂着脑袋，摆出悔悟的姿势。看到他这样，局长越来越大胆，开始破口大骂。"蒙塔巴诺，像你这样的人，跟黑道上的人勾结，你干得出来！不幸的是，已经有许多臭名昭著的先例，我就不给你列举了，你自己也心知肚明！不管怎样，我对你，还有整个维加塔警局都烦透了！我都不知道你是警察还是黑手党！"

显然，他很喜欢对米米·奥杰洛用过的表达方式。

"我会把这个地方清理干净。"

仿佛按照剧本走似的，蒙塔巴诺首先攥紧双手，接着从兜里掏出一块手帕擦脸。他犹犹豫豫地说。

"我有一颗心像狮子，另一颗像驴，局长先生。"

"我不懂。"

"我处在一个尴尬的位置。因为事实上，巴都乔·西纳格拉在跟我聊了之后，让我承诺……"

"什么？"

"我不会向任何人透露我们见面的事。"

局长猛地一只手用力拍在桌子上，给人感觉断了几根骨头。

"你知道你在跟我说什么吗？在你看来，局长，是那个'任何人'吗？这是你的职责，我再重复一遍，你的职责！"

蒙塔巴诺做出举手投降的手势，接着飞快地用手帕擦了擦眼睛。"我知道，我知道，局长先生，"他说，"但你得理解，我在职责和诺言之间是多么撕扯……"

他悄悄地祝贺自己。意大利语是个多么美好的语言啊！"撕扯"在此处再恰当不过了。

"你胡说什么，蒙塔巴诺！你知道你在说什么吗？你正在把你的职责跟对一个罪犯的承诺放到了同等地位！"

警长不停地点头，"你是对的！你的话是绝对真理！"

"所以现在，不要再拐弯抹角，告诉我，你为什么去见西纳格拉！我需要一个充分的理由！"

现在到即兴表演的高潮了。如果局长吞饵，整个事情立即就会结束了。

"我认为他可能想自首。"他低声喃喃自语道。

"什么？"局长不解地说。

"我认为巴都乔·西纳格拉有点想自首。"

像是猝不及防地被他坐椅上的爆炸惊吓到似的，博内蒂·阿德里奇猛地从座位上弹了起来，心急火燎地跑向窗口和门口，关好后还锁上了门。他一边把警长推向小沙发，一边说："咱们坐着说，免得声音太大。"

蒙塔巴诺坐下来，点燃了一根香烟，充分认识到局长已经兴奋起来了。看着烟头发出的微弱火光，他明白眼前这个人已经被彻底征服了。博内蒂·阿德里奇自己都没有注意到，他带着恍惚的微笑，睁着梦幻的眼睛，正想象自己被一群大声争吵的记者围着，在刺眼的闪光灯下，一堆麦克风伸向他的嘴，而他正舌灿莲花地大谈自己如何说服最嗜血的黑手党头目之一伏法。

"告诉我所有事情，蒙塔巴诺。"他用搞阴谋诡计的语气要求道。

"我能说什么啊，局长先生？昨天西纳格拉亲自打电话，说要马上见我。"

"你至少可以知会我一声嘛！"局长责怪他，在空中点着食指好像要说："顽皮，淘气。"

"我没时间，相信我。事实上，没有，等着……"

"是吗？"

"现在我想起来了：我确实给你打了电话，但有人告诉我你在忙，我不知道，在开会或者别的什么……"

"可能，很可能。"局长承认。"说重点，西纳格拉跟你说了什么？"

"当然，局长先生，报告里肯定也说了，对话时间很短的。"

他站起来，瞥了一眼桌上的纸，然后重新坐下说，"四十五分钟并不短。"

"的确，但在这四十五分钟当中还包括来回开车的时间。"

"你是对的。"

"不管怎样，西纳格拉并没有直接告诉我什么。更确切地说，他是想让我自己去领悟；或者说，他希望我运用自己的直觉。"

"很西西里，嗯？"

"是的。"

"你能具体一点吗？"

"他说开始觉得累了。"

"我能想象。他都九十岁了！"

"就是这样。他说，儿子被捕，孙子在逃，对他都是难以承受的打击。"

听起来像二流影片的台词，效果还不错。然而，局长看起来有点失望。"就这些吗？"

"这已经很多了，局长先生！想想看。为什么他要告诉我他的情况？你知道这些人的，他们很谨慎。我们需要保持冷静、耐心和坚韧。"

"当然，当然。"

"他说立马会再给我打电话。"

博内蒂·阿德里奇短暂的失落过后又燃起了热情。

"他这么说了？"

"是的，他说了，局长。但我们需要非常谨慎；一念之差就可能让一切灰飞烟灭。风险非常高。"

他对从自己口中说出的话感到恶心。都是陈词滥调。但此时恰恰有用得很。他想知道自己可以继续装多久。

"是的，当然，我懂。"

"试想，局长先生，我跟手下谁都没说。你永远都不知道哪里可能藏着间谍。"

"我保证也会这样做！"局长举起手发誓道。

警长站了起来。"如果您没有别的指示……"

"好的，好的，蒙塔巴诺，你可以走了。还有，谢谢你。"

他们看着对方的眼睛使劲握手。

"可是……"局长垂下手说。

"怎么了？"

"该死的报告还在那里。我不能忽视它，你知道的。我好歹得回一下。"

"局长先生，如果有人开始怀疑我们和西纳格拉之间有联系，不管多么小，谣言就会传开，事就黄了。我确定。"

"是的，是的。"

"几分钟以前你说我的车被发现了，那时我感觉很失望，就是这个原因。"他说得多好！跟真事似的！

"他们给车拍照了吗？"在恰到好处的停顿之后，他问。

"没有。他们只是记下了车牌号码。"

"那可能有一个解决方法。但我不敢告诉你，因为会冒犯你作为男人和公务员不可动摇的诚信。"

"还是告诉我吧。"

"就跟他们说，号码抄错了。"

"但我怎么知道他们抄错了？"

"因为在他们声称我在西纳格拉家的那半个小时里，我正跟你打电话。没人敢反驳你。你说呢？"

"噢。"局长说，并不放心。"我想想。"

警长走了，他确信虽然博内蒂·阿德里奇虽然会在操守方面有些纠结，最终还是会听从他的建议。

※

出发去蒙特鲁萨前，他给警局打了电话。

"喂？是谁？"

"我是蒙塔巴诺，坎塔。把电话给奥杰洛警长。"

"我做不到，他不在。但他之前在这儿。他等你来着，但看你没来就走了。"

"你知道他为什么离开吗？"

"是的先生，因为有一场火灾。"

"火灾？"

"是的，先生。军械库着火了，好像是一个消防员说的。看法齐奥不在，奥杰洛警长就带着加洛和加鲁佐一起去了。"

"消防员打电话是让我们做什么？"

"他说他们正在灭火。然后奥杰洛抢过电话，自己跟他说的。"

"你知道火灾发生的地点吗？"

"因纳皮塞洛区。"

蒙塔巴诺从来没听过这个区。因为消防站离得很近，他跑到那里，做了个自我介绍后，他们告诉他那场火灾，一场明显的纵火，是发生在法瓦区。

"你们为什么给我们打电话呢？"

"因为他们在一座摇摇欲坠的旧农舍里发现了两具尸体。很明显是两个老人，一男一女。"

"他们死于火灾吗？"

"不是，警长。火焰虽然已经包围了旧房子，但是我们的人及时赶到了那里。"

"那么他们是怎么死的呢？"

"看起来他们是被谋杀的，警长。"

9

从国道出来之后，他不得不走一个上行的狭窄土路，满是石头和坑。汽车费力地呻吟着。走着走着，他就走不动了，因为路被消防车和其他停放在周围的车辆给堵住了。

"喂！你！你要去哪儿？"一个消防员看到他从车里出来，便走上前去，粗鲁地问道。

"我是蒙塔巴诺警长。有人告诉我……"

"好的，好的，"消防员直接说，"你可以进去了，你的人已经在这儿了。"

天气很热，警长解下了领带，脱下了西装外套。尽管如此，几步之后，他已经汗流浃背。但是火在哪里？

拐了个弯，他就得到了答案。景象突然就变了，看不到任何大树或灌木，连一根草也没有，只有一大片形状不明、深棕色、完全被烧焦的东西。空气很沉闷，就像热风刮得很猛的那些日子，但有种燃烧的臭味，一缕缕烟雾从地上各处冒出来。一百米以外有一栋被火烧黑的农舍。农舍在一座小山丘的半山腰，山丘最高处仍然可以看得见火苗，人的影子在到处乱窜。

有个人沿着小路走下来，伸出手，挡住了他的去路。

"你好，蒙塔巴诺。"是他的一个同事，可米西尼的总检察长。

"你好，米思池，你在这儿干吗呢？"

"事实上，我才是应该问你这个问题的人。"

"为什么？"

"这里是我的辖区。消防队员不知道法瓦区是维加塔还是可米西尼的辖区，所以为了保险起见通知了两边的警局。谋杀案本该是我的职责。"

"本该？"

"嗯，是的。我和奥杰洛给局长打过电话，我建议我们分摊，一边一具尸体。"

他大笑起来。他以为蒙塔巴诺会哈哈大笑，但警长看起来似乎没有听到他说话。

"但因为你在处理这个案子，局长命令我们把他们俩都留给你。祝你好运，再见。"

他吹着口哨走了，显然很高兴摆脱了麻烦。蒙塔巴诺继续走，每走一步天黑一点儿。他开始喘息，呼吸有点困难。他开始感到紧张不安，但说不出为什么。微风刮起来，尘土一下飞到空中，之后又默默落下。不只是紧张，他意识到自己是在超乎理性地害怕。他加快了脚步，但加快的呼吸把沉闷的、似乎被污染了的空气带进了他的肺。无法再独自前行，他停下来喊道："奥杰洛！米米！"

奥杰洛从那个一片漆黑、摇摇欲坠的农舍中挥舞着一块白色布条跑向警长。跑到他面前时，把一个小小的防烟口罩递给了他。

"消防员给我们的，总比没有强。"

米米的头发已经被灰烬染成了灰色，眉毛也是一样。他看上去老了二十岁。斜靠着助手的胳膊，蒙塔巴诺走进了农舍。尽管戴着口罩，他还是闻到了一股很强的肉焦味。他后退了几步，米米狐疑地看着他。

"这是他们吗？"他问。

"不是，"奥杰洛再次向他保证。"这是拴在房子后面的一只狗。我们没查出是谁家的。它是被活活烧死的。可怕的死法。"

为什么，格利佛夫妇死的方式难道好一些吗？看到那两具尸体时，蒙塔巴诺问自己。

房子以前是泥土地面，消防员在上面洒过水之后，现在已经成了沼泽。两具尸体几乎是漂浮着的。

他们面朝下趴着，在后颈部一枪毙命。他们一定是被胁迫跪倒在了没有窗户的小房间里。这个小房间原来可能是食品储藏室，随着整座房屋变成废墟，这个房间也变成了散发着恶臭的鬼地方，令人难以忍受。这个地点隐藏得很好，就算有人进了这个大房间，也不容易发现。

"汽车能开到这里吗？""不能。汽车能开到半路，最后三十码必须步行。"

警长想象那对老夫妇在夜间行走，在黑暗中，后面有人持枪挟持着他们。他们肯定被岩石绊了一下，跌倒受伤，但还是必须起身继续前行，可能刽子手们还踢了几脚。当然，他们没有反抗，没有哀求，没有大声求饶，只是沉默着，因为已经意识到自己死期将近。最后三十码路是一段无尽的痛苦之路，是一段真正的十字架之路。

这种残忍的迫害就是巴都乔·西纳格拉说过的不能跨过的线吗？残忍、冷血地杀害两个浑身颤抖、手无寸铁的老人？不是的，算了吧。这应该不是界限，这并非巴都乔·西纳格拉口中不可接受的方式。他和他的同类更糟，对老年人和年轻人一样对待，像捆羊一样，拷问，折磨他们。有人是被活活勒死的。他们还用强酸溶解了一个十岁男孩，而他的唯一罪过只不过是投错了胎。因此，他眼前的景象仍然在他们的界限之内。一种无形的恐惧正躺在另一个阴影中。他感到一阵眩晕，靠在了米米的胳膊上。

"你没事儿吧，萨尔沃？"这个口罩戴着有点发闷。

不，重量是压在胸口，呼吸短促，无限悲伤的余韵，压迫的感觉，总之不是口罩造成的。他弯下腰，想更好地看看尸体，却终于看到一些东西，这些东西把他压垮了。

在泥浆中可以看到女人右臂和男人左臂的形状，都伸出去想要触摸对方。他抱着米米的胳膊，弯身向前凑近了看去，他看到受害者的手：女性死者的右手手指同男性死者的左手手指交织在一起。他们是手牵着手死的。在那样的夜晚，在那样的惊恐中，在比黑夜更黑暗的死亡面前，他们互相寻找，发现对方，安慰对方，正如他们在生命旅途中无数次做过的那样。悲伤、难过，猛烈地向警长袭来，两种感觉同时袭向胸口。他摇晃了两下，米米很快撑住了他。

"出去吧。"奥杰洛说道。

蒙塔巴诺转过身走了。他环顾四周。他不记得是谁，是教堂里某个人说过，地狱确实存在，虽然我们不知道它在哪里。他为何不来这里看看？或许他已经知道地狱的所在了。

米米再次跟了过来，仔细打量他。"你感觉怎么样，萨尔沃？"

"没事。加洛和加鲁佐呢？"

"我派他们过去给消防员帮个忙，毕竟他在这里也没什么事做。你也是，为什么不过去呢？我留下来。"

"你报告检察官了吗？还有取证实验室？"

"每个人都通知了。他们早晚会到的。走吧。"

蒙塔巴诺没有挪步，他站在原地，盯着地面。

"我犯了一个错误。"他说。

"什么？"奥杰洛摸不着头脑，"一个错误？"

"是的。我从一开始就把这对老夫妇的事看得太无足轻重了。"

"萨尔沃，"米米反应道，"你刚才没看到他们吗？这对可怜人是周日晚上回程途中被杀的。我们能做什么呢？我们那时都不知道有他们这么两个人！"

"我说的是后来，他们的儿子来告诉我们他们失踪以后。"

"但是我们能做的都做了！"

"对。但是就我而言，我没有用心。米米，我不能再站在这里了。我要回家。我五点钟左右回办公室见你。"

"好的。"米米答道。 他一直担心地望着警长，一直看着他消失在拐弯处。

※

回到马里内拉的家，他甚至都没有打开冰箱看看里面有什么。

他不想吃东西，胃在打结。他走进浴室，看着镜子中的自己。灰烬除了把他的头发和胡子变成了灰色外，还让他的皱纹更加明显了，让它们显出了沧桑、病态的惨白。他只洗了把脸，把外衣和内衣都脱到地板上，赤身裸体，穿上泳衣，躺在沙滩上。

他跪在沙滩上，用手挖一个大洞，直到水开始从底部涌进来才停止。他抓起一把绿色的海藻扔进了洞里，接着他面朝下，把头伸了进去。他深吸一口气，一次，两次，三次。随着他的呼吸，清新空气、海水、海藻的味道净化着肺中侵入的灰。接着，他站了起来，跳入大海。他猛划了几下使自己远离海岸。嘴里含满海水，他含了很长时间，好将上颚和喉咙冲洗干净。之后，他什么也不想，只是漂浮了半个小时。他像一个树枝，一片树叶，漂流。

※

回到总部，他按照惯例给帕斯夸诺医生打电话。

"我还等着你催命的电话呢。没接到你电话，我还担心你是不是出事了呢。我很担心，你知道的！你想干吗？我计划明天检验两具尸体。"

"医生，你回答我'是'还是'不是'就够了。照你看来，他们是周日深夜被杀的吗？"

"是。"

"一枪打到颈部，处决？"

"是。"

"他们被杀之前被拷打过吗？"

"没有。"

"谢谢你，医生。看我给你省了多少口气。到你临死的时候，这些气可都攒着呢。"

"我是多想给你做尸检啊！"帕斯夸诺说。

※

这一次米米·奥杰洛很守时，五点钟准时出现。但他拉着大长脸，很明显在为什么事烦恼。

"你找时间休息一会儿了吗，米米？"

"我上哪儿休息去啊？我们得等托马塞奥检察官，不过他把车开进沟里了。"

"你吃饭了吗？"

"贝巴给我做了一个三明治。"

"谁是贝巴？"

"她是你介绍给我的啊。比阿特丽斯。"

所以他已经叫她贝巴了！情况看来很顺利。不过米米为什么一脸悲哀呢？然而他没有时间继续琢磨了，因为米米问了他一个出人意料的问题。

"你还在同那个瑞典女人联系吗？她是名叫英格丽吗？"

"我有一段时间没见她了。但她上周确实给我打电话了。问这干吗？"

"我们能信任她吗？"

蒙塔巴诺讨厌别人用一个问题回答另一个问题。他有时候自己也会这么做，但都是怀着特殊的目的。他决定陪他玩下去。

"你觉得呢？"

"你难道不是比我更了解她吗？"

"你需要她做什么？"

"如果我告诉你，你能不能答应我，不要觉得我是疯了？"

"你认为我能吗？"

"即使这是件大事呢？"

警长有点烦了。这段对话已经太可笑了！米米都没意识到吗？

"听着，米米，英格丽的判断力我可以保证。至于觉得你疯了，我又不是一次两次了，再来一次也没什么。"

"好吧，我昨晚都没合眼。"

贝巴挺厉害啊！"怎么回事啊？"

"这里有一封信，内恩·圣菲利波写给情人的。你不知道，萨尔沃，我一直在认真研究这些信！我都快能背下来了。"

"你真是个蠢货，萨尔沃！"蒙塔巴诺自责道。"你净想着米米干醒龊的事。其实他是在通宵达旦工作！"

恰如其分的暗暗自责之后，警长没有沉溺在自我批评之中。

"好的，好的。信里是什么？"

米米回答之前停顿了一会儿。

"好吧，起初他非常生气，因为她把自己的体毛剃掉了。"

"那有什么可生气的呢？现在女的都剃腋毛。"

"不是腋毛。"

"噢。"蒙塔巴诺说道。

"所有的毛发，懂了吗？"

"懂了。"

"接下来的信可就是花样翻新了。"

"好的，但是这对我们有什么用呢？"

"这很重要，相信我！因为我认为在彻夜失眠之后，我想到了内恩·圣菲利波的情人是谁。他一些描述、一些小细节比照片还要清晰。你知道的，我真的喜欢看女人。"

"不只是看而已。"

"好吧。我开始相信我认识这个女人了。因为我确定见过她。几乎不需要费什么力。就是她。"

"几乎不需要？！米米，你究竟在想什么！你是想让我去找这位女士，说：夫人，我是蒙塔巴诺警长？呃，请你脱下内裤好吗？她最起码会把我送去精神病院！"

"这就是我想到英格丽的原因。如果真是我想到的那个女人，事实上，我好几次在蒙特鲁萨看到她跟英格丽在一起。她们肯定是朋友……"

蒙塔巴诺努了努嘴。

"你不信吗？"米米问。

"噢，我信好了。但是整个想法有一个重要的问题。"

"什么？"

"我认为英格丽不会背叛朋友。"

"谁说要背叛了？我们只需要找到一个方式，任何方式，去营造一种氛围，让她可能把秘密脱口而出的情境。"

"怎么弄？比如说呢？"

"呸，我不知道，你可以邀请英格丽外出晚餐，接着把她带到你家，让她喝点酒，女孩子们非常喜欢的，一点点红酒，接着……"

"接着开始谈论体毛？如果我跟她提这种东西，她没准会大发脾气！她不会料到从我这儿听到这些内容的。"

米米惊讶得下巴都掉下来了。

"她不想听到这个？你的意思是告诉我，你跟英格丽之间从来没有……"

"你在想什么？"蒙塔巴诺生气地说道。"我不是你，米米！"

奥杰洛看了他一会儿，接着双手合十，眼望天空。

"你干吗呢？"

"明天我要给教皇写一封信。"米米羞涩地说。

"说什么？"

"说应该封你为活着的圣徒。"

"别开混蛋玩笑了，省省吧。"警长粗声说。

米米很快也严肃起来了。在某些事情上，同蒙塔巴诺共事的人们不得不小心应对。

"不管怎样，关于英格丽，给我点时间考虑考虑。"

"好的，但时间不要太长，萨尔沃。你知道的，因为不忠杀人是一回事儿，要是其他原因，可就是另一回事了。"

"我很清楚其中的区别，米米。你用不着教我。跟我相比，你还是个包着尿布的宝宝呢。"

奥杰洛没有反应。谈论英格丽就像按错了按钮。他试图打消警长的坏心情。

"萨尔沃，还有一件事我想和你谈谈。昨天我们吃过饭之后，贝巴邀请我去了她家。"

蒙塔巴诺立马就阴郁了，屏住了呼吸。他预料到米米和比阿特丽斯之间真的这样发生了吗？如果比阿特丽斯和米米太早同居，事情就要完了，米米就会不可避免地回到他的丽贝卡身边了。

"不，萨尔沃，我们没有做你想的事。"奥杰洛说，好像他能读透蒙塔巴诺的心思一样。"贝巴是一个很好的女孩，很严谨。"

莎士比亚怎么说的来着？哦，是的：这些话使我满足。如果米米这么说，那就还有希望。

"那天她去换衣服了。而我呢，拿起了放在咖啡桌上的一本杂志。当我打开它时，一张插在里面的照片掉了出来。照片上是一辆公共汽车的内部，乘客各自坐在座位上。从后面，你可以看到贝巴，手里拿着一个平底煎锅。"

"当她出来时，你有没有问她什么时候拍的？"

"没有，那会儿看起来，嗯，有点轻率。我把照片放了回去，事情就是这样。"

"你为什么告诉我这件事呢？"

"我突然想到了些什么。如果人们在旅行中拍纪念照片，可能就会拍下照片，也就是格利佛夫妇去丁达利的那次。如果我们能找到一些，或许那些照片能告诉我们一些事情，尽管我不知道是什么。"

嗯，不可否认，米米这是个好主意，并且他在等着警长夸他，但并没有。相反，警长说话冷冰冰的，偏不让他满意。

"你读过那本小说吗，米米？"

"什么小说？"

"如果我没弄错的话，跟信件一块，我给了你圣菲利波的一本小说。"

"没有，我还没有读。"

"为什么没有？"

"你什么意思，为什么没有？我一直在绞尽脑汁看信！在看小说之前，我想知道自己关于圣菲利波情人的直觉是不是正确。"

他站了起来。

"你要去哪儿？"

"我有个约会。"

"米米，看，在这种酒店你不能……"

"但我答应了贝巴要带她去。"

"好吧，好吧，下不为例。你可以走了。"蒙塔巴诺宽容地让步了。

※

"喂，马拉斯皮纳旅行社吗？我是蒙塔巴诺警长。请问司机师傅托尔托里奇在吗？"

"刚进来。他就在旁边。我把电话给他。"

"晚上好，警长。"托尔托里奇说。

"很抱歉打扰你，我需要一些信息。"

"乐意效劳。"

"告诉我，在你开车的旅行中，人们通常在车上拍照吗？"

"嗯，是的……但是……"

他似乎张口结舌，犹豫不决。

"嗯，他们拍还是不拍啊？"

"不好意思，警长，我可以五分钟内给你回电话吗？不会晚一秒钟的。"

没过五分钟，他就打回来了。

"我再次向你道歉，警长，有些话我不能在会计跟前讲。"

"为什么不能？"

"你瞧，警长，这儿的工资不是很高。"

"这跟工资有什么关系？"

"呃，我想贴补点家用，警长。"

"说清楚点，托尔托里奇。"

"几乎所有的乘客都带了相机。临出发的时候，我告诉他们，行驶期间不得在车内拍照，到地方后想拍多少拍多少。唯一在路上可以拍照的人是我。他们总是很听话，没人抱怨。"

"恕我直言，但如果你在开车，那又怎么拍照呢？"

"我让售票员或者乘客帮我拍。接着我把照片洗出来，卖给想要留念的人。"

"你为什么不想让会计听到呢？"

"因为我拍照从未申请过他的许可。"

"你说一下就可以了嘛，应该没事的。"

"是的。一方面给我许可，另一方面就会扣工资。我的工资已经低得微不足道了，警长。"

"你留着底片吗？"

"当然。"

"我可以拿到最后一次去丁达利旅行的吗？"

"我全都洗出来了。格利佛夫妇失踪后，我也没心思再卖了。但现在他们被谋杀了，我觉得可以卖了，双倍价格！"

"告诉你吧，我会买下洗出的照片，你可以留着底片。随你怎么卖。"

"你什么时候要？"

"越快越好。"

"现在我要去蒙特鲁萨跑趟车。今晚九点左右我送到警局可以吗？"

※

善有善报。公公死后，英格丽和丈夫搬进了一处新房子。他找到电话号码，拨了出去。是晚餐时间。只要有可能，这个瑞典女人总是喜欢在家吃。

"你说吧，我听着呢。"接电话的女声说。

英格丽虽然换了房子，但并没有换掉从火地岛、乞力马扎罗山、北极圈雇佣管家的习惯。

"我是蒙塔巴诺。"

"你说什么？"

她肯定是个澳大利亚原住民。她要是和坎塔雷拉说话，那场面肯定令人终生难忘。

"蒙塔巴诺。英格丽太太在吗？"

"她在，你稍等。"佣人说。

"我能跟她说话吗？"

许多分钟过去了。要不是还有环境音，警长还以为电话已经挂了呢。

"嗨，你是谁啊？"英格丽终于接了，用着怀疑的语气。

"蒙塔巴诺。"

"哦，是你啊，萨尔沃！女佣说电话里有人'康特八朵'。听到你的声音太棒了！"

"我觉得像在地狱一样，英格丽，我需要你的帮助。"

"只有需要我的时候才想起我？"

"别这样，英格丽。这是件严肃的事情。"

"好吧。你想让我做什么？"

"明天晚上，我们可以一起吃饭吗？"

"当然。我会放下所有事情。我们在哪儿见？"

"像往常一样，马里内拉酒吧。八点吧，如果对你来说不是太早的话。"他挂了电话，感到不开心和窘迫。米米把他置于尴尬的境地。他要用什么样的表情、什么话语去问这个瑞典女人，问她是不是有个女性朋友没有体毛呢？他已经知道自己那时会是什么样，红着脸、汗流满面、嘟嘟囔囔，英格丽虽然不太明白，但还是饶有兴致地听着……他突然间愣住了。也许有一个办法，既然内恩·圣菲利波在电脑里记录了情爱信件，有可能……吗？

他抓起加富尔路公寓的钥匙，冲了出去。

10

法齐奥冲了进来，跟他飞快地冲出办公室一样快。不可避免地，和经典闹剧电影中一样，他们撞了个满怀。因为身高相仿，又都是低着头走路，他们几乎像恋爱中的小鹿似的抵到了一起。

"你要去哪儿？我需要和你谈谈。"法齐奥说。

"那就谈谈吧。"蒙塔巴诺答道。

法齐奥把办公室的门锁上之后坐了下来，得意地笑着。

"搞定了，头儿。"

"搞定了？"蒙塔巴诺惊讶地问。"一下子就搞定了？"

"是的，头儿，一下子。克鲁西神父是个聪明人。他是那种人，哪怕正做着弥撒，也不忘拿着后视镜，好监视下面的羊群。不管怎样，长话短说，我到蒙泰雷亚莱后直接去了教堂，坐在了第一排的长凳上，周围没有一个教众。过了一小会儿，克鲁西教父穿着法衣从圣器所走了出来，身后跟着一个助祭。我觉得他正要把圣油拿到某人的临终之榻前。从我面前经过的时候，他感到了有新面孔，于是盯着我看了一下，我回看了他一下。我在长凳上几乎黏了两个小时，然后他终于回来了，我们又互相看了看。他进圣器所待了大约十分钟，回来的时候，助祭仍然跟在他身后。走到我面前时，他向我挥手，伸着五个手指头，清清楚楚，明明白白。你觉得他是什么意思？"

"他希望你五点钟回教堂。"

"我也是这么想的。看到他多聪明了吗？如果只是经常去做礼拜的人，只会以为他在挥手；但我是你派去的人，那他就不只是在挥手了，他是约我五点见面。"

"那你做了什么？"

"我去吃了午饭。"

"去蒙泰雷亚莱？"

"没有，头儿，我不像你想的那么傻。蒙泰雷亚莱有两个餐厅，那里有不少我的熟人。我不想在镇里子被看见。反正时间还多，所以我绕远去了比波雅。"

"那么远？"

"是的，但我认为这是值得的。我听说有个地方的菜给个神仙也不换。"

"叫什么来着？"蒙塔巴诺立马饶有兴趣地问道。

"叫派普西诺斯餐厅。但那儿的饭很不好吃。也许是因为天气不好，或许厨师的心情也不好。如果你去那边，别去派普西诺斯家。总之，差十分钟五点的时候，我回到了教堂。那儿有几个人，两个男人，大概七八个女人，都是老人。五点整，克鲁西神父从圣器所走出来，看了看教区居民。我感觉他是在找我。接着他进了忏悔室，拉上窗帘。一位女士跟了进去，在那儿待了至少十五分钟。她能去忏悔什么？"

"什么也没有，我确定。"蒙塔巴诺说。"他们去忏悔只是去跟人说说话。你知道老年人是什么样的，对吧？"

"因此，我站起来，坐到了一个离忏悔室近的座位。第一个老太太出来后，另一个老太太进去了。这次花了二十分钟。她说完就轮到我了。我跪下来，用手划着十字说，克鲁西神父，我是蒙塔巴诺警长派来的。最开始他什么也没说，接着他问了我的名字。我说了，他说今天我们不能做，让我明天早间弥撒前再回来忏悔。不好意思，但是早间弥撒是什么时候？我问。他说六点，但你必须五点四十五分就过来。告诉警长准备好，因为明天黄昏就是时候。接着他又说：现在站起来，用手划一次十字，回到你刚刚坐的位置，念五遍《圣母经》和三遍《天主经》，再划一次十字，然后走吧。"

"你是怎么做的？"

"我应该做什么呢？我念了五遍《圣母经》和三遍《天主经》。"

"你那么早就办完了，怎么没早点回来？"

"我的车坏了，耽误了一些时间。我们怎么处理？"

"照神父说的那样做。明天早上五点四十五，你去听一下，他如果要告诉你什么，然后报告给我。如果他说我们可以在黄昏时行动，大概就是六点半或者七点。我们的行动取决于他告诉我们什么。你、米米、加洛和我，我们四个开一辆车去，保持低调。我们明天再谈。现在我有一些事情要做。"

法齐奥离开了，蒙塔巴诺拨打了英格丽家的电话号码。

"你说我听。"还是上次接电话的声音。

"我是上次说话那个人，康特八朵。"

※

竟然灵了！英格丽三十秒就接了电话。

"萨尔沃，怎么了？"

"抱歉，计划有变，我们不能明天晚上见面了。"

"那我们什么时候能见面？"

"后天吧。"

"给你一个大大的拥抱。"这就是英格丽。这也是蒙塔巴诺钦慕她的原因。她不要求解释，而且也不会自己去解释。她只是顺应发生的情况。他从来没有碰到过像英格丽那样的女人，很有女人味，但又不像寻常女人。至少我们这些小男人是这样看我们的小女人的，蒙塔巴诺在脑子里总结道。

※

到了圣卡洛杰罗餐厅门前，一直轻快走着的他突然来了个急刹车，就像一头不管怎么踢打，但不知为何就是一步不动的驴子。他看了看手表，还不到八点，吃饭还太早了。但在加富尔路等着他的工作应该挺多的，肯定要熬一整夜。也许他可以现在就开始工作，到十点左右再休息一下……但如果在那之前觉得饿了呢？

"所以，警长，你拿定主意了没有啊？"

餐厅老板卡洛杰罗正从门口看着他。餐厅完全是空的。米兰人吃晚饭是八点，但这儿是西西里，九点再说。

"今晚生意好吗？卡尔。"

"看看这儿。"卡洛杰罗指着冰柜得意洋洋地回答道。

鱼死了以后，眼睛会混浊不清。可这些鱼的眼睛明亮耀眼，好像还在水里游着一样。

"给我烤四条鲈鱼吧。"

"不要头盘？"

"不要。你这儿有什么开胃菜？"

"小章鱼，入口即化，你都不用嚼。"

是真的，小章鱼软极了，果真入口即化。鲈鱼浇上了"车夫鱼汁"（加入大蒜和辣椒的橄榄油），他不慌不忙地吃了半天。

警长有两种吃鱼的方法，第一种是先去掉鱼骨，把所有能吃的部分拢到盘子里，然后开始吃，这是要赶时间的办法。第二种能给他更多的满足感，一口一口吃，一边吃一边剔骨头。这种方法需要更长的时间，但这么说吧，多花一点时间，吃得更从容。每口都蘸满酱汁，充分调动起味觉和嗅觉，简直像是一条鱼吃了两次。

※

起身离开餐桌的时候是九点半。他决定漫步到港口。事实是，他不希望看到在加富尔路会看到的东西。现在是旅游淡季，开往萨佩杜萨岛的渡轮上都是大卡车，乘客极少。他磨蹭了一个小时左右，然后拿定了主意。

※

进入内恩·圣菲利波的公寓后，他把窗户都关上，不让光透进来，然后进入了厨房。圣菲利波设备挺齐全，煮咖啡的基本器具都有，蒙塔巴诺用了能找到的最大的一个壶，一次能做四杯。煮着咖啡的时候，他在公寓里四处转了转。除了坎塔雷拉研究过的电脑外，还有一架子的磁盘、光驱、光盘和录影带。坎塔雷拉已经把磁盘整理好了，还在其中插入了小纸条，上面用大写字母写着"黄色磁盘"。蒙塔巴诺数了数录影带，一共是三十盘。其中十五盘是在成人用品店买的，带有彩色的标签和清晰的标题，五盘是内恩自己录的，每盘都写着一个女人的名字：劳拉、蕾妮、保拉、朱莉娅和萨曼莎。其他十盘是商业电影，都是典型的美国片子，标题里就带着血腥和色情的味道。他拿出带有女性名字的磁带带到卧室，内恩·圣菲利波在那里放了一台巨大的电视。咖啡没什么滋味。他喝了一杯，回到卧室，脱下夹克和鞋子，插入他看到的第一个磁带，上面写着"萨曼莎"，接着平躺在床上，两个枕头垫在脑后，给自己点了一支烟。

画面里是一张双人床，就是蒙塔巴诺现在躺着的这一张。镜头固定在支架上。摄像机依然放在衣柜的地方，随时可以拍摄另一场永远也不会再次发生的性爱。衣柜正上方高一点的地方是两个小闪光灯，瞄得很准，会在指定的时间打开。萨曼莎有一头几乎五英尺长的红头发。她动得很频繁，体位很不一般，经常跑到了镜头外面。内恩·圣菲利波在这种《爱经》的真人秀中游刃有余，毫无拘束。音频录制得很糟糕。里面说的几个词几乎听不见。作为补偿，呻吟声、咕哝声、叹息声、哼哼声低沉洪亮，音量大得惊人，像电视广告一样。这一盘有四十五分钟，警长都要无聊致死了，但还是放进了第二盘蕾妮的磁带。背景完全相同，他几乎没有注意到。蕾妮大概二十岁，个子很高、很瘦，但乳房很大，体毛一点都不缺。他不想看完整盘，于是不停快进，偶尔暂停地过了一遍。突然他有一个想法，但稍纵即逝，因为他马上就看到了内恩开始后入，一股难以抗拒的昏睡波像铁棍一样击中了他的头，催得他闭上双眼，陷入了无可救药的沉睡。他睡前最后的一个想法是：没有比色情作品更好的安眠药了。

他惊醒过来，不知道是被因为浪叫迭起的蕾妮唤醒的，还是被暴力的踢门和不停的门铃声吵醒的。发生了什么？他还是昏昏沉沉，于是起身，关掉磁带。衣冠不整，穿着衬衣，裤子脱落（他什么时候解开的？），光着脚，他打开了门，听到一个没能立马认出的声音喊道："开门！警察！"

他完全晕了。他自己不就是警察吗？

他惊慌地打开了门。他看到的第一个人就是已经准备好开火的米米·奥杰洛（膝盖弯曲，臀部稍后向突出，手臂前伸，双手紧握枪柄），他身后是寡妇孔切塔·洛·马斯科洛（原姓布尔焦），她的身后是一大群人，挤满了楼梯平台和两旁的楼梯。只看了一眼，他就认出了克鲁西全家、穿着内衣裤的米斯特雷塔先生、手上莫名其妙地拎着黑色大手提袋的几内亚人，还有站在穿着睡衣的爸爸和穿着过季薄纱无袖短裙的妈妈吉娜之间的小纵火犯，帕斯夸利诺·德·多米尼奇斯。

他们一看到警长，时间便停止了，每个人都石化了。寡妇孔切塔·洛·马斯科洛即兴创作了一段半是说教、半是叙事的独白。

"圣母玛利亚啊，圣母玛利亚，多么吓人啊！我正要迷迷糊糊地睡去，但我突然听到那个死人又发出与活着时相同的交响乐。荡妇发出啊啊啊的声音，而他像一头猪似的叫着！跟从前一样！

什么！鬼魂回到了他的房子，还带着小婊子？原谅我的用词，但是，他开始像还活着一样性交？我告诉你们，我全身骨头都僵住了！吓死我了！所以我打电话给了警察。最想不到的事情是，警长先生竟然来这里解决私欲了！真是意想不到！"

寡妇孔切塔·洛·马斯科洛的结论逻辑牢不可破，当场所有人当即赞成。困惑不已的蒙塔巴诺已经没有了回应的力量。他站在门口，处在极度震惊的状态。米米·奥杰洛最终反应过来了。他把枪插回枪套，一只手把警长猛地推回公寓，同时开始大喊，吓得租户立马散开。

"够了！回床上睡觉去！走吧！这儿没什么可看的！"接着关上了他身后的门，黑着脸朝警长走来。

"你他妈的以为自己在做什么？把女人带到这里来？告诉她出来，想办法把她弄出去，免得引起另一场骚动。"

蒙塔巴诺没有回答，而是进了卧室，米米后面跟着他。

"她是躲在浴室吗？"奥杰洛问。

警长把电视又打开，降低了音量。"这就是那个女孩。"

他坐在床的边缘。奥杰洛呆呆地看着屏幕，然后突然坐到了椅子上。"我怎么早没想到呢？"

蒙塔巴诺按了定格键。"米米，我们掌握的圣菲利波和格利佛谋杀案的案情，因为你我两个人都没有参与进去，所以忽视了某些需要做的事。也许我们脑子里有太多其他事情，没法清晰思考了。与调查相比，我们更关心自己的个人生活。就是这个样子。我们正在重新开始。你有没有问过你自己，圣菲利波为什么在电脑上存储跟情人的通信记录？"

"没有，但是既然他是干这一行的，电脑是……"

"你收到过情书吗，米米？"

"当然。"

"那你怎么处理的呢？"

"我留了一些，其他的扔了。"

"为什么？"

"因为有一些重要，但是……"

"停。你说了，它们很重要。当然，因为是它们的内容重要，还因为它们写的方式：笔迹、错误、划掉的词、大写、分段、纸的颜色、信封上的地址……简而言之，当你看到这封信的时候，你很容易想起写信的人。对吧？"

"对。但如果你把信复制到电脑上，信的价值就全都丢失了。好吧，或许不是全部，但是会失去大部分价值，也失去了作为证据的价值。"

"你什么意思？"

"这样你就不能分析笔迹了，对吧？不管怎么样，电脑里有副本总比没有好。"

"不好意思，我没听懂。"

"让我们假定圣菲利波的私通是危险的，当然不是拉克洛斯那种危险，但是……"

"谁是拉克洛斯？"

"别管了。我的意思是危险的，如果被发现的话，可能意味着麻烦或死亡。内恩·圣菲利波可能对自己说过，要是被抓住，信件原本或许能救我一命。简而言之，他把信件复制到了电脑上，然后把原件放在某个明显的地方，以便拿去交换。"

"但这并没有发生，因为原件消失了，他也被杀了。"

"是的。但是我相信一件事，那就是，圣菲利波尽管知道跟这个女人搞到一起会招惹危险，却低估了程度。我有一个想法，仅仅是一个想法，请注意，我们不只是在处理一个嫉妒的丈夫实施的报复。我接着说。我对自己说，如果圣菲利波不愿意留着手写的原件，那么他会不会留着情妇的影像呢？哪怕一张也好。这时我就想到了录影带。"

"所以你就来这儿看了。"

"是的，但我忘了自己一看色情电影就会睡着。我看了他自己录的光盘，就在这个房间跟不同的女人录的。但我不认为他会这么愚蠢。"

"你什么意思？"

"我的意思是，他必须采取一些预防措施，以防别人立马发现她是谁。"

"萨尔沃，也许是因为太晚了，但是……"

"米米，这里有三十盘磁带，都需要看。"

"全部？！"

"是的，我解释一下为什么。这里有三种类型的磁带。五盘是圣菲利波录的，记录了他与五个不同女性的辉煌事迹，十五盘色情磁带是他从其他地方买的，还有十盘是美国电影。就像我说的，必须都看。"

"我还是不明白为什么需要浪费这么多时间。无论是正常的，还是色情电影，卖的磁带里都不可能有什么价值。"

"这就是你错的地方。你可以的，只需要用特定的方式修补磁带。尼科尔给我解释过。你瞧，圣菲利波可能采取了这种方法。他拿过一些电影的磁带，比如说《埃及艳后》，播放十五分钟，接着停止播放，把自己想要录的东西覆盖上去。接下来会发生什么？当一个外人把磁带放到录像机里时，还以为自己看的是《埃及艳后》，所以他就会停下来，放进另一盘磁带。而这盘磁带恰恰包含了他们要找的东西。现在清楚了吗？"

"足够清楚了。"米米答，"或者说足够说服我看完所有的磁带了。即使用快进也得看很长时间。"

"撑住。"蒙塔巴诺评论道。

他穿上鞋，系好鞋带，然后穿上夹克。

"你怎么穿衣服了？"奥杰洛问。

"因为我要回家了。你留在这里。除此之外，你知道那个女人有可能是谁，你是唯一一个可能认出她的人。如果你在一盘磁带中发现了她，我相信你会打电话给我的，无论什么时候都行。玩得开心。"

他离开了房间，米米无言以对。

下楼梯时，他听到不同楼层小心开门的声音，加富尔路 44 号的租户们正在熬夜等待与警长交媾的火辣女人出来。他们可能一整晚都睡不着了。

※

街上一个人也没有。一只猫从一栋建筑物里走出来，喵喵地问候了他一下。蒙塔巴诺回了一句："你好吗？"这只猫喜欢他，跟了他两个街区，然后才转身往回走。晚上的空气开始驱散倦意。他的车停在警局门口。一道亮光从封闭的前门照过来。他按响门铃，坎塔雷拉过来开了门。

"怎么了，头儿？你需要什么？"

"你睡了吗？"

门口的小房间有一张小床，谁值班谁就躺在那儿。

"没有，头儿。我正在解纵横字谜。"

"你玩了两个月的那个？"

坎塔雷拉骄傲了起来。"不是的，头儿，那个我已经解出来了。我开始了一个新的。"

蒙塔巴诺走进办公室。桌子上有一个包，他打开了，看到里面是丁达利旅行的照片。他们都笑着，旅行的必修课。在警局见过他们之后，这些脸他现在都认识了。唯一没有笑的人是格利佛夫妇，他们只有两张照片。第一张里面，丈夫的头半扭着去看长途客车的后窗，妻子面无表情地盯着镜头。第二张照片上，她的头向前倾，其他人看不到她的表情，而丈夫两眼无神直盯着前方。蒙塔巴诺又看了一遍第一张照片，接着开始翻抽屉，越找越抓狂，因为他发现要找的东西找不到了。

"坎塔雷拉！"

坎塔雷拉跑来了。

"你有放大镜吗？"

"能让东西看起来大一些的那种吗？"

"是的。"

"法齐奥的桌子上大概有一个。"

他手里拿着玻璃放大镜得意洋洋地回来了，"找到了，头儿。"

通过后窗拍摄的汽车几乎贴在公共汽车的后面，那是一辆菲亚特朋多，很像内恩·圣菲利波的那辆车。车牌能看得见，但即使借助放大镜的帮助，蒙塔巴诺也无法辨认出字母和数字。这可就没指望了。意大利得有多少辆菲亚特朋多啊？

他把照片塞到夹克口袋里，向坎塔雷拉说了再见，然后上了自己的车。他觉得需要睡个好觉。

11

他几乎没有睡，在床上翻来覆去地度过了困乏的三个小时，床单像裹木乃伊一样裹在身上。他会不时开灯研究放在床头柜上的照片，好像会发生奇迹，让视线突然澄澈起来，辨认出公交车后面那辆朋多车的车牌号。凭借着自己的敏锐嗅觉，他知道那里就是打开大门的钥匙，就像奔向高粱地的猎狗一样。六点钟，手机响了，将他解放了出来。肯定是米米。他拿起听筒。

"吵醒你了吗，头儿？"是法齐奥，不是米米。

"没有，法齐奥，别担心这个。你去忏悔了吗？"

"是的，我去了。他让我做了常见的忏悔，念了五遍《圣母经》和三遍《天父经》。"

"定下来了吗？"

"是的，长官，都确定了。夜幕降临时分，我们过去就行。"

"不要在电话里说了，赶快去睡个觉，十一点你来我办公室。"

他想到了熬夜看了一晚内恩·圣菲利波家庭录像的米米。最好让他也停下来，回家去睡上几个小时。傍晚等待他们的事情可不能掉以轻心。他们都需要保持最佳状态。很好，但是他没有内恩·圣菲利波的电话号码。天啊，喊坎塔雷拉，跟他要号码，这个号码肯定在警局的某个地方，毫无疑问。对，法齐奥肯定知道。他正在往家走，警长能打电话找到他。很好，除非他没有法齐奥的手机号码。也许圣菲利波的号码就在电话簿里，哈！他无精打采地翻开了号码簿，又同样无精打采地找着那个号码。它就在那儿！但是为什么当寻找一个号码的时候，人们总会先觉得它不在电话簿里呢？铃声响了三下，米米接了。

"谁啊？"

米米用低沉谨慎的声音接了电话，显然是认为唯一可能打过来的人应该是圣菲利波的朋友。蒙塔巴诺决定耍他一下，巧妙地改变了声音，假装成一个剑拔弩张的朋克。

"不，告诉我你是谁，混蛋。"

"你先告诉我你是谁。"

米米还没听出他是谁。

"我找内恩。让他接电话。"

"他没在家。但是你可以把信息留给我，我会转告他。"

"好吧，如果内恩不在，那肯定是米米了。"

蒙塔巴诺听到了一连串的咒骂，接着是奥杰洛恼怒的声音。

"他妈的，只有像你这样的疯子才会想起来早上六点打电话。你有毛病啊？怎么不去看医生？"

"发现什么了吗？"

"没有。如果我发现了什么，肯定会打电话给你的，对不对？"奥杰洛还在为刚才的恶作剧恼怒。

"听着，米米，我们今天晚上有很重要的事情要做，所以我觉得你还是放下现在的事，回去休息一下吧。"

"我们今晚要做什么？"

"我晚点儿会告诉你。我们下午三点办公室见，可以吗？"

"好的。看了这些磁带之后，我特别想当修道士。告诉你一声，我要再看两盘，然后回家。"

警长挂断，拨了办公室的电话。

"你好！你好！这里是维加塔警察局！你是谁？"

"蒙塔巴诺。"

"本人？"

"是的。告诉我，坎塔。我记得你说过，你在蒙特鲁萨法医实验室有个朋友。"

"是的，头儿。奇科·德奇科，他个头很高，是那不勒斯人，老家算是萨勒诺吧，是个热心肠，长官。有一天早晨，他打电话给我说……"

如果不马上让他打住，坎塔雷拉可能会把奇科·德奇科从小到大的事情都讲给自己听。

"听着，坎塔，你可以下次再跟我说。他通常什么时候到办公室？"

"九点钟左右，大概还有两个钟头吧。"

"这个德奇科在照片实验室，是吧？"

"是的，头儿。"

"我想让你帮我个忙。给德奇科打电话，安排跟他见面。今天上午我想让你带给他一张照片。"

"我没法带给他，头儿。"

"为什么？"

"你让我带什么，我都愿意给你带，但德奇科今天上午来这里。昨天晚上他给我打电话，说……"

"他去哪儿？"

"蒙特鲁萨警局。他们在那儿有个会。"

"开什么会？"

"局长先生从罗马请来一位特别特别大的犯罪学家来给他们做讲座。"

"讲座？"

"是的，先生。德奇科告诉我，这个讲座会讲，当他们不得不小便（do peepee）的时候应该怎么做。"

蒙塔巴诺很吃惊。

"你到底在说什么啊，坎塔雷拉！"

"头儿，我发誓。"

接着警长灵光一闪。

"坎塔，那不是小便，他们或许在讨论 PPA，也就是'嫌疑犯的可能轮廓'（Probable Profile of the Assailant）。懂了吗？"

"不懂，头儿。不过，你让我给德奇科带什么东西？"

"一张照片。我需要他给我放大照片。"

电话另一端沉默了。"嘿，坎塔，你还在吗？"

"是的头儿，我没有走，我还在这儿。我在思考。"

三分钟过去了。"快点想，坎塔。"

"头儿，您看，如果您把照片拿给我，我可以给你扫描。"

蒙塔巴诺犹豫了一下。"你想对我做什么？"

"不是对你，头儿，是照片，我可以扫描照片。"

"直话直说吧，坎塔。你是在说电脑吗？"

"是的，头儿。因为你真的需要一台好扫描仪，如果我自己不扫描的话，我会把它拿给我一个信得过的朋友。"

"好的，谢谢。待会儿见。"

他刚挂电话，电话就马上响了。

好的！是米米·奥杰洛，他显得相当兴奋。

"我正好说到点子上了，萨尔沃。等着我，我十五分钟之后到你家。你的录像机能用吗？"

"能用。但是没必要让我看，米米。你知道的，色情玩意只会让我难受，昏昏欲睡。"

"不是色情的，萨尔沃。"他挂了电话，电话马上响了。

"你终于接电话了！"是利维娅，语气里没有兴奋，冷冰冰的。蒙塔巴诺心情晴雨表上的指针开始迅速指着暴风雨发展了。

"利维娅！多么美妙的一个惊喜啊！"

"你确定有那么美妙吗？"

"为什么不呢？"

"因为我好几天没有得到你的消息了。你都不愿意费事给我打个电话吗！我一直在打你电话，但你从来不在家。"

"你可以在我工作的时候给我打电话嘛。"

"萨尔沃，你知道我不愿意打到那儿去找你。你知道我是怎

146

么知道了你的消息吗？"

"不知道。什么？"

"我买了一份《西西里岛新闻报》。你读了吗？"

"没有。上面说了什么？"

"上面说你手上有不少于三起谋杀，一对夫妇和一个二十岁的人。记者甚至暗示你无所适从。简而言之，他说你已经雄风不再了。"没准这样就能摆脱纠缠！就说他不开心，落后于时代，什么也搞不清楚，什么也做不成。利维娅会冷静下来，可能还会为他会感到难过。

"哦，这是真的，我的利维娅！也许我在慢慢变老，也许我的脑子不像过去那样了……"

"不，萨尔沃，放心，你的脑子像从前一样灵光。你的拙劣表演证明了这一点。你想要被宠爱一下吗？你知道我不会上当的。我太了解你了。有空打电话给我，当然是在你真有空的时候。"

她挂了电话。为什么和利维娅的每一次对话都不得不以争吵结束呢？他们不能继续这样，必须找到解决的办法。

他走进厨房，把咖啡壶倒满放到炉子上。等着的时候，他打开落地玻璃门，走到了阳台上。提振精神的一天。明亮的温暖的色彩，慵懒的海洋。他深吸了一口气，正在这时电话又响了。

"喂！喂！"

没有人应答，但是电话又开始响了。这怎么可能呢？他手里拿着听筒呢。接下来，他明白了：不是电话铃，是门铃。是米米·奥杰洛，他赶来的速度比 F1 赛车手还快。他站在门口，无法决定是否进门，脸上笑开了花。他手里拿着一盘录影带，在警长的鼻子下面晃。

"你看过《赌命鸳鸯》吗？"

"是的，我看过。"

"你喜欢吗？"

"当然。"

"这个版本更好。"

"米米，你要进来吗？跟我去厨房吧，咖啡已经好了。"他给自己倒了一杯咖啡，给跟在他身后进来的米米也倒了一杯。

"让我们去另一个房间吧。"米米说。

他一口气干了咖啡，肯定把食道都烫到了，但他太迫不及待地想要向蒙塔巴诺展示发现的东西了。当然，最重要的还是炫耀自己的直觉。他放入磁带，因为太激动都插倒了。他咒骂一声，反过面来，把它打开。米米把《赌命鸳鸯》快进二十分钟后，又是五分钟的黑屏，只有跳动的白点和噪音。米米关掉了声音。

"我认为他们不会说话。"他说。

"你认为？是什么意思？"

"啊，我没有从头到尾看。我跳过了一点。"

接下来，一个画面出现了。一张双人床上覆盖着雪白的床单，放着两个枕头，直接靠着浅绿色的墙。还有两个高雅的轻木床头柜。这不是圣菲利波的房间。又一分钟过去了，没有任何事情发生，但很明显，有人在对焦。这些白色太刺眼了，接下来黑了。然后，同样的镜头再次出现，环境更漂亮了，床头柜不见了。这回有一个三十岁左右的女人在床上，全身赤裸出镜，棕色皮肤光滑极了。脱毛的地方引人注目，因为在这块地方，她的皮肤是象牙白的，显然是丁字裤遮住的地方。警长见到她第一眼就感到一阵震颤。他认识她，肯定认识！他们在哪儿见过她来着？不一会儿，他纠正了自己。不，他不认识她，但他之前通过某种方式见过她。在书的页面上，在艺术作品上。那个女人，她躺在床上，长腿、骨盆、枕头托起来的其余身体部分轻轻向左边靠着，双手放在脑后，酷似戈雅的《裸体的玛哈》。让蒙塔巴诺产生错觉的不只是她的姿势。这个不知名的女人还跟玛哈留了一样的发型，脸上挂着一弯浅笑。

像蒙娜丽莎一样。警长想。他此时仿佛是在比较画家的风格。

镜头保持不动，仿佛被正在录的东西定格了。这个不知名女人在床单和枕头上非常自在放松，得心应手。床上的尤物。

"这是你看信时想到的那个人吗？"

"是。"奥杰洛说。

一个字里能蕴藏多少骄傲呢？米米做到了。

"但是你是怎么做到的？似乎你只是偶然见过她几次，而且都是她穿着衣服的时候。"

"你看，在信里他给她画了一幅像。事实上，也没有，那不是一幅肖像，那更像一幅版画。"

为什么这个女人会让人不自觉地使用起艺术语言？

"比如，"米米继续说，"他谈到她双腿长度与躯干长度之间的不成比例，如果你仔细看，或许是更长一点儿。接着，他描述了她的头发、她眼睛的形状。"

"我明白了。"蒙塔巴诺感到有些嫉妒，于是打断了他。毫无疑问，米米有欣赏女性的眼光。

与此同时，镜头拉近到她的双脚，接着缓慢上移，依次在耻骨、肚脐和乳头徘徊，然后停留在眼睛上。

这个女人瞳孔里的光怎么这样强，仿佛闪着令人催眠的磷光？她是什么，某种夜间活动的危险动物吗？为了看清楚些，他往前凑了凑。好吧，那不是女巫的缘故。瞳孔仅仅是在反射内恩·圣菲利波用来照亮整个布景的灯光。镜头转移到她的嘴，嘴唇像两团火焰占满整个屏幕，移动着，又分开。像猫一样的舌尖伸出来，舔着上唇的轮廓，接着是下唇。没有粗俗的东西，但是观看的两个男人都被极其性感的姿势惊呆了。

"倒带，把音量调到最大。"蒙塔巴诺突然说。

"为什么？"

"她说点了什么，我确定。"米米照做了。嘴的镜头再次出现的那一刻，一个男人的声音低声说了些听不懂的话。

"好的。"这个女人清楚地回答，然后开始用舌头舔舔嘴唇。

所以这里面有声音。不多，但是有。奥杰洛继续大声播放着。

然后镜头向下对准她的脖子，轻轻地划过，就像一只充满情欲的手，从左到右，从右到左，然后又一次，这是一种心醉神迷的爱抚。事实上，他们听到了女人发出的轻柔呻吟声。

"是大海。"蒙塔巴诺说。

米米努力把眼睛从屏幕上移开，困惑地看着他。

"什么？"

"背景里有一种连续的、有节奏的声音。那不是乐器，而是恶劣天气下大海的声音。他们的房子肯定是在海边，就像我的房子那样。"

这次米米的表情只剩下了钦佩。

"你耳朵真尖啊，萨尔沃！如果是大海声，那我就知道他们在哪儿拍的这段视频了。"

警长俯下身子，抓起遥控器，把磁带倒了回去。

"你在干吗？"奥杰洛抗议道。"难道我们不继续看了吗？我告诉过你，我只看了其中一部分。"

"你要是好好表现，就让你看完。现在把看过的内容概括一下吧。"

"好吧，接下来拍了乳房、肚脐、肚子、阴部、大腿、小腿和脚。然后她翻过身来，他从后面又拍了一次她的整个身体。最后她翻过来，躺得更舒服些，拿过一个枕头垫在臀部下面，伸开腿，正好足够让镜头能……"

"好的好的。"蒙塔巴诺打断了。"所以发生了其他事吗？从没看见那个男人吗？"

"是的。没发生别的事。所以我说这个片子不色情。"

"不色情？"

"对啊，结尾是首爱情诗。"

米米是对的，蒙塔巴诺没有回答。

"介意把这位女士介绍给我吗？"他问。

"非常乐意。她名叫万尼亚·蒂杜莱斯库，31岁，罗马尼亚人。"

"难民？"

"完全不是。她的父亲在罗马尼亚是卫生部长。她本人有医学学位，但她在这里不是当大夫。她丈夫声名卓著，被邀请到布加勒斯特进行系列讲座，在那里他们坠入爱河，至少他爱上了她，于是把她带回了意大利并娶了她。尽管他比她大 20 岁。但女孩迅速抓住了这个机会。"

"他们结婚几年了？"

"五年。"

"你要告诉我她的丈夫是谁吗？还是请听下回分解？"

"欧金尼奥·伊尼亚齐奥·因格尔。一个器官移植魔术师。"

"一个著名的名字。他经常出现在报纸和电视节目上。"蒙塔巴诺努力想起他，脑子里模糊出现了一个高大、沉默寡言的人。他确实是一名公认的外科"神奇之手"，在全欧洲都很受欢迎。他在蒙特鲁萨有自己的诊所，他出生在那里，现在也还住在那儿。

"他们有孩子吗？"

"没有。"

"不好意思，米米，但是这些信息都是你今天早上看过磁带之后收集好了的？"米米笑了。

"不是，我确信她是信里的女人之后就知道了。录像带只是确认一下。"

"你还知道什么？"

"在这附近，在我们地区，更确切说在维加塔和桑托利之间，他们有一个海边别墅，带有一片不大的私人海滩。我相信他们就是在那儿拍的这段视频。他们肯定是利用了她丈夫出国旅行的时机拍的。"

"他好吃醋吗？"

"是的，但不过度。这可能就是为什么她的不忠并没有惹得满城风雨，至少据我所知没有。她和圣菲利波非常擅长隐瞒私情。"

"米米，我再问你一个更具体的问题。因格尔医生是那种发现妻子不忠，就会对她和奸夫痛下杀手的那种人吗？"

"你为什么问我？这类问题你应该问英格丽，她是她的朋友。说起这个，你什么时候去见她啊？"

"本来打算今晚，但我要推迟了。"

"哦，对，你提到有很重要的事情，今天晚上应该做的事情，关于什么的啊？"

"我晚点儿再告诉你。磁带你放在我这儿吧。"

"你想要让英格丽看吗？"

"当然。所以咱们暂时把思路拢一拢，你对内恩·圣菲利波谋杀案有什么想法？"

"你认为呢，萨尔沃？现在全清楚了。因格尔医生知道了他们的事，然后把那孩子杀了。"

"为什么不同时杀了她？"

"因为这将在国际范围内引发巨大的丑闻。他的私人生活不能有任何阴影笼罩，因为这可能会减损他的收入。"

"但是他不是很有钱吗？"

"相当有钱。如果不是有一项很吃钱的癖好，他会更有钱。"

"赌博？"

"不，他不赌博。"

"也许在圣诞节期间玩金罗美？"

"不，他热衷于绘画。人们说他有很多价格昂贵的绘画，存储在多个银行的金库中。显然，当他看到自己喜欢的一幅画的时候，就无法控制自己。他可能会让人把画偷出来。有个传言说，如果德加作品的所有者让他用万尼亚换，他也会毫不犹豫地答应。萨尔沃？你在听吗？"

奥杰洛意识到，上司的心思已经跑远了。事实上，警长正在想，为什么每当有人看到或提到万尼亚·蒂杜莱斯库的时候，话题总是会转向绘画。

蒙塔巴诺说："所以，你似乎认为是这个医生让人杀了圣菲利波？"

"如果不是他，还能有谁？"

警长的思想飞过仍然在床头柜上的那张照片。但他立即甩开了这些想法；他首先要从坎塔雷拉那儿等一个答案，一个新的神谕。

"好了，你现在可以告诉我，今天晚上应该做什么了吗？"奥杰洛问道。

"今晚？什么也不做。我们要去逮捕巴都乔·西纳格拉心爱的孙子夏匹尺诺。"

"那个逃犯？"米米问，跳了起来。

"是的，就是那个。"

"你知道他藏在哪儿？"

"还不知道。但是一位神父将会告诉我们。"

"神父？这他妈的到底怎么回事儿啊？好吧，你要从头给我讲整个故事，什么也不落下。"蒙塔巴诺从头至尾给他讲了整个故事，什么也没落下。奥杰洛在故事结束时，两只拳头握紧夹住了头，看起来像十九世纪表演手册上"沮丧"条目下的一幅插画。

12

坎塔雷拉先是紧贴着照片仔细看，然后又隔着一臂远的距离来远观。最后，他皱起了眉毛。"头儿，绝对不行，我拿到的那个扫描仪不好用，我得交给我那个可靠的朋友。"

"要多长时间？"

"最长两小时，头儿。"

"尽快回来。谁去接线总机？"

"加鲁佐……头儿我刚才正想禀告您，那个孤儿从今天早上起就一直在等待您的召见。"

"那个孤儿是谁？"

"他叫格利佛，他的妈妈和爸爸被杀了，他说他听不懂我说的话。"

达维德·格利佛披麻戴孝，穿了一身黑，衣衫褴褛，满身皱褶，看起来筋疲力尽。蒙塔巴诺把手伸向他，邀请他坐下。

"他们让你来是做官方鉴定吗？"

"是的，这很不幸。我昨天下午晚些时候到了蒙特鲁萨。他们带我去看他们。之后，我回到酒店，穿着衣服就躺在了床上。我真的感觉很难过。"

"我理解。"

"有消息吗，警长？"

"目前为止还没有。"

他们沮丧地看着对方。

"你了解些什么吗？"达维德·格利佛问。"我希望尽快抓住凶手。我不是非要报复。我只是想知道他们为什么要这么做。"

他很真诚，甚至对蒙塔巴诺所说的"神秘疾病"一无所知。

"他们为什么这么做？"达维德·格利佛问，"偷我爸的钱包和我妈的手提包？"

"哦？"警长说。

"你不知道吗？"

"他们拿了死者的钱包和手提包？不，我确信他们会在你母亲的尸体下找到手提包。我没有检查你父亲的口袋。不管怎样，手提包和钱包并不能给事情带来什么进展。"

"你是这么想的吗？"

"是这样。杀死你父母的人翻了他们的钱包和手提包，把我们可能找到的线索处理得干干净净。"

达维德·格利佛陷入了沉思。"妈妈无论去哪儿都会随身带着那个手提包。我过去常常取笑她，问她那里面藏了什么宝藏。"

他的心头涌出一股离别的伤感，胸膛深处发出啜泣声。

"抱歉。既然我拿回了他们的遗物，衣服、爸爸钱包里的硬币、他们的婚戒，还有家里的钥匙……那么，我来这里是想得到您的许可……我是不是可以进我家，把剩下的东西带走……"

"你打算怎么处理这所公寓？房子归他们所有，是吗？"

"是的，为了买这所公寓，他们付出了很多。找到合适的机会，我会卖掉它。我也没必要回到维加塔了。"

又是一阵令人窒息的啜泣。

"你的父母是否还有其他财产？"

"据我所知，应该没有了。他们靠养老金生活。爸爸有一个邮政的小存折，他把存款和妈妈的退休金支票都存到那里……但每个月月底几乎也没留下什么闲置的钱。"

"我觉得我从来没见过这本存折。"

"没有吗？你是否留意过我爸爸放纸质文件的地方？"

"没有。我非常仔细地查看了他所有的文件，也许凶手将证件同钱包和手提包一起带走了。"

"这是为什么呢？为何要带走一个他们根本用不上的邮政存折呢？这就是一张废纸！"

警长站起来。达维德·格利佛也站了起来。

"我不反对你进入父母的公寓。相反，如果你在那堆证件里找到了任何东西……"

他突然停了下来。达维德·格利佛质疑地瞥了他一眼。

"稍等一会儿。"警长说，就离开了房间。

他小声诅咒着，他知道格利佛夫妇的那些文件仍在警局，是他从他们家里拿到警局的。事实上，装文件的塑料垃圾袋就在储藏室。但是用那样的包装把死者纪念品归还给两人的儿子似乎不太好。他翻箱倒柜，没找到什么可用的东西，没有纸板箱，甚至连一个体面点儿的袋子也没有。他只好放弃了。当警长将垃圾袋放在他的脚下时，达维德·格利佛疑惑地看着蒙塔巴诺。

"我从你父母的住处带过来的，文件都在里面。如果你想要，我可以交给你。派个车……"

"不用了，谢谢。我的车已经在这儿了，"那人生硬地说。

※

他不想告诉这个孤儿，坎塔雷拉是这样称呼他的，也许出于什么原因，有人可能想要毁掉邮政存折。其中不无理由：防止他人知道存款金额。事实上，存折的金额甚至可能显示出所隐瞒的"疾病"，也是这一"疾病"使这位尽责的医生干预进来。当然，这只是一个有待验证的假设。他打电话给托马塞奥检察官，跟他软磨硬泡了半个小时。最后托马塞奥答应他会立即帮助处理这件事。

※

邮局距离警察局很近，是一栋令人惊悚的建筑。它始建于法西斯掌权的四十年代，但是直到战后才完成，那时人们的品味已经转变了。邮局主任在二楼，这条走廊什么人或者物也没有，孤独而又荒凉，让人心生畏惧。警长敲开一扇门，门上挂了一个长方形的塑料物品，上面写着：主任。长方形的塑料下是一张纸，纸上画着一支香烟，香烟上面是两根相交的红线。意思是：严禁吸烟。

"请进！"

蒙塔巴诺走进屋里，他看到的第一个东西是挂在墙上的这个横幅，重复着禁令：严禁吸烟。

否则我拿你是问。上面是一张意大利总统的肖像，仿佛在阴郁地说着这句话。

下面是一个高背扶手椅，卡瓦列雷·阿蒂利奥·莫里斯科主任正坐在上面。卡瓦列雷·莫里斯科面前是一张巨大的书桌，上面铺满了文件。主任本人是个矮个子，这让他看起来有点像已故国王维托里奥·埃马努埃莱三世；剪的平头又神似翁贝尔托一世；而留着的翘八字胡颇有"绅士君主"维托里奥·埃马努埃莱三世的风采。警长觉得他一定是萨沃依王室的后裔，是某位国王流落民间的私生子。

"你是皮埃蒙特人吗？"蒙塔巴诺盯着他脱口而出。

另一人看起来很是惊讶。

"不是，为什么这么问？我来自科米提尼。"

科米提尼、帕坦、拉法达利，对蒙塔巴诺都没什么区别。

"蒙塔巴诺警长，是吗？"

"是的。检察官托马塞奥给您打电话了吗？"

"是的，"主任不情愿地承认。"但是电话就是电话。你明白我的意思吗？"

"是的，我当然明白您的意思。就像对我来说，玫瑰就是玫瑰。"

卡瓦列雷·莫里斯科看来并不明白警长所引用的格特鲁德·斯泰因诗句。

他说，"我明白我们达成的共识。"

"我可以问一下吗，是在什么意义上的共识？"

"就那个的意义而言，电话就是电话。"

"你能解释一下吗？"

"当然。托马塞奥检察官打电话告诉我，您负责调查已故格利佛夫妇的邮政存折。这很好，虽然我认为这是，我该怎么说，一个预先通知。在我收到申请和书面授权之前，我不能违反邮政保密规定。"

这些话让警长浑身乏力，感觉自己危险地悬在半空。

"我稍后再来。"

他起身。主任做了个手势阻止他。

"等等。可能会有解决方案。我能看一下你的身份证明吗？"

起飞的危险增加了。蒙塔巴诺一只手扶在椅子上，另一只手拿着自己的身份证。

主任仔细地检查了半天。"检察官打完电话后，我想你会很快到这儿来，所以我起草了一份声明，你需要签署这份声明，免除我对这件事所需承担的所有责任。"

"很高兴免除你的责任。"警长说。

他看都没看就签了，并将身份证放回口袋。卡瓦列雷·莫里斯科站起来。

"在这里等我。我还需要大约十分钟。"

出去之前，他转过身指着总统的照片。"你看到了吗？"

"是的，"蒙塔巴诺困惑地说，"是总统齐安比。"

"我指的不是总统，而是他上面所写的内容。严禁吸烟。我是认真的。不要利用我的疏忽。"

这个人一关上门，蒙塔巴诺就特别想抽烟。但这里禁止吸烟，恰恰因为，众所周知，被动吸烟会导致成百万人死亡，而汽油中的烟雾、二氧杂芑和铅却不会。他站起来走到一楼，恰巧碰到三个员工在抽烟，他走出去，走到人行道上，一连抽了三根香烟，回到楼里（现在有四个员工吸烟了），他爬上楼梯，走在荒芜的走廊里，没敲门就进了主任办公室。卡瓦列雷·莫里斯科坐在办公桌前，不以为然地看着他，摇了摇头。

蒙塔巴诺重新回到座位上，带着一种愧疚感，就像上学迟到一样。

"我们有打印副本。"主任郑重声明。

"我能看看吗？"

给他之前，卡瓦列雷查看了一下，确保警长的签字还在办公桌上。但是警长并不理解打印出的资料，特别是底部的数字貌似有点太大了。

"你能帮我解释一下吗？"他又用过去在学校里说话的语调问。

主任向前倾身，几乎要把整个身体都瘫在桌子上，生气地夺过警长手中的纸。

"一切都很清楚嘛！"他说，"从打印的资料可以看出，格利佛先生和夫人每月退休金共计300万里拉，分开算的话，丈夫每月180万，妻子每月120万。发养老金时，格利佛先生会将他自己的养老金兑换成现金维持每个月的花销，而将妻子的养老金存入银行。这是标准流程。当然，也有个别人不这样做。"

"但是即使他们非常勤俭节约，"警长说，"就算大胆设想，这也不合乎情理啊。我看到的那本银行存折里的余额差不多有 1 亿了！"

"对。准确地说，是 9830 万里拉，但这也没什么特别的。"

"不特别？"

"不，因为过去两年里每个月的 1 号，阿方索·格利佛必定都会存 200 万里拉。加上他们平日的储蓄，总共 4800 万。"

"他每个月从哪里得到这 200 万啊？"

"不要问我。"主任气愤地说。

蒙塔巴诺说了句谢谢，然后站了起来伸出手。

主任站起来，绕着桌子转了一圈，上下打量了警长一番，跟他握了握手。

"我可以拿走打印的资料吗？"蒙塔巴诺问。

"不行。"主任冷漠地回答。

警长离开办公室，踏上了人行道，点了一根香烟。他已经猜到了。他们拿走了银行存折，因为那 4800 万里拉是格利佛夫妇遇害的线索。

回到警局十分钟后，坎塔雷拉一幅地震受害者的凄惨表情回来了。他手里拿着张照片，把它放到了桌子上。

"即使是我信得过的那位朋友的扫描仪也不行。如果你需要的话，我会把它带给奇科·德奇科，不过实验室要等到明天才工作。"

"谢谢，坎塔，不过我自己带过去吧。"

"萨尔沃，你究竟为什么不学习怎么使用电脑呢？"利维娅

163

之前某天问过他，还说："你简直不知道你能用它解决多少问题！"

好吧，这里就有一个电脑不能解决的小问题。只会让他浪费时间。他提醒自己，一定要跟利维娅说，争论就争论好了。

他把照片放在夹克口袋里，上了自己的车，离开警局。然而，他决定去蒙特鲁萨之前到加富尔路停一下。

格利佛先生在楼上，门房告诉他。打开门的时候，达维德·格利佛挽着衬衫袖子，手里拿着硬毛刷，他正在打扫公寓。

"到处都是灰尘。"他把警长带到餐厅，桌子上有一小堆蒙塔巴诺前不久给他的文件。

"你是对的，警长。银行存折没在这儿。你想告诉我点儿什么吗？"

"是的。我去了邮局，发现你父母的银行存折账户上存了不少钱。"

格利佛做了一个手势，好像说没有必要讨论这个。

"没多少，我确定。"

"确切地说是 9830 万里拉。"

"肯定是搞错了！"他结巴着说。

"没搞错，我向你保证。"

达维德·格利佛的膝盖开始颤抖，跌坐在椅子上。

"但这怎么可能呢？"

"在过去的两年里，你父亲每月存入账户二百万里拉。你知道谁有可能会一直给他钱吗？"

"我一点儿也不知道！他们从没跟我提过任何额外收入。我不明白。每月二百万的津贴可不是小数目。我的父亲能做什么，在他这个年纪，挣这么多钱？"

"未必是定期津贴。"

达维德·格利佛脸色更苍白了，从困惑变成了恐惧。

"你认为可能有关联吗？"

"在每月两百万和你父母的被杀之间？这是必须认真考虑的一种可能性。这恰好是凶手拿走存折的原因，这样一来我们就不会想到之间的因果关系了。"

"但如果那不是津贴，会是什么？"

"好，"警长说，"我要做一个推测。但是首先我要问你一些事情，我希望你如实回答。你父亲曾经为了钱有过任何欺诈行为吗？"

达维德·格利佛没有立即回答。

"很难判断，不能随便说……我不这么认为，我不认为他会那么做。但是他很容易上钩。"

"怎么说？"

"他和妈妈特别爱钱。所以，你的猜测是什么？"

"你的父亲是否可能，比如，替牵涉非法经营的人充当挂名负责人？"

"爸爸不会答应这种事的。"

"即使交给他的业务是合法的？"这回格利佛没有回答。

警长站了起来。"好，如果你能想到任何解释……"

"好的，当然。"格利佛说，看起来心烦意乱。他把蒙塔巴诺送到了门口。

"我只是在想妈妈去年对我说的事情。我回去看他们，爸爸不在的时候，妈妈低声对我说：当我们不在了，你会有一个意外惊喜。当然，有时候妈妈的头脑并不是很清醒，可怜的人。她没再提起过。我就完全忘了。"

※

到了蒙特鲁萨中央警察局，他让接待员给奇科·德奇科打电话。他不想碰到代替亚科穆齐担任首席法医的那个万尼·阿克。德奇科很快就到了，然后拿过了他的照片。

"我还估计会更糟呢，"他看着照片说，"坎塔雷拉说，他们试着用电脑扫描到，但是……"

"你觉得你能告诉我车牌上的号码吗？"

"我觉得能，警长。无论如何，今天晚上我会打电话给你。"

"如果我不在的话，给坎塔雷拉留个口信。但是确保他把字母和数字写对，否则他没准记下来一个明尼苏达州的车牌号。"

※

开车回去的路上，在撒拉森橄榄树停顿一会儿的想法看起来几乎是无法抵挡的。他需要停下来沉思，真正的沉思，而不是像政客们号召的那样，看似反思，实则昏沉。他爬上通常待的那根树杈，向后靠着树干，点燃了一根香烟。他有一个奇怪的感觉，好像橄榄树不想让他坐在那里，正试图使他改变位置。

你脑子里的一堆狗屎！

他向外挪了一点，接下来就再也受不了了，于是爬下树干。他回到车里，抓起一张报纸，回到橄榄树上，把纸铺在地上，脱下外套躺在了上面。

从这个新视角由下往上看，这棵树看起来更高大、更盘根错节。他看到了之前看不到的复杂的分枝。一些话闪现在脑海中：这儿有一棵撒拉森橄榄树，一棵大的……为我解决了所有问题。

是谁说的？这棵树解决了什么？接着是皮兰德娄临死前几个小时向儿子说的那些话，让他的记忆力更清楚地集中起来。他们说的是作家未完成的小说《山上的巨人》。

他躺了半个小时，从未把眼睛从树上挪开。他看的时间越长，那棵树为他展示的东西就越多。时间的流逝是怎样削减和扭曲它的，水和风又是怎样年复一年迫使它长成了现在这副模样。不是心血来潮，不是偶然，而是必然。

他的眼睛一直集中在那三根分枝上，最开始是一根主干，接着突然散了开来，曲折着，后转着，缠绕着，卷曲着。中间的一枝看起来略矮一些，但是它扭曲的小分枝抓住了上面两支，仿佛想要抓住它们，将三者联结在一起。

歪着头好好看了看，蒙塔巴诺意识到，三个分枝并不是等距地分别生出，而是源于同一点，那个点是从树干延伸出的一个疖子。

可能是一阵风刮起了一些树叶，突然一道阳光照到警长的眼睛上，让他暂时目不见物。他眯着眼笑了。

不管那天晚上德奇科最后会跟他说什么，蒙塔巴诺现在都确信，公共汽车后面跟着的人是内恩·圣菲利波了。

※

克鲁西神父带他们来到一处隐蔽的农舍，据他说是夏匹尺诺

167

的秘密藏身之处。然而在离开他们之前，神父强烈建议不能掉以轻心，因为他不确定夏匹尺诺会不会束手就擒。最重要的是，这名逃犯有狙击步枪，而且在许多场合展示过他知道怎么使用。警长因此决定按规则办事，然后把法齐奥和加鲁佐派到了房子后面。

"现在他们肯定到了。"米米说。

蒙塔巴诺什么也没说。他想给两个手下足够时间找到恰当的位置。米米开始在地面上匍匐行进。天上有月光，不然根本看不到有人在动。不可思议的是，农舍的门大开着。也不是那么奇怪，细想一下：夏匹尺诺显然想给人房子已经被废弃的印象，而实际上，他正手握狙击步枪潜伏在里面。

在门前，米米半站起身，停在门口，把头靠在上面向里面看。接着，他轻轻地迈着步子走了进去。片刻之后，他又出现了，向警长的方向挥了挥手臂。

"这里没人。"他说。

"他在想什么？"蒙塔巴诺不安地问自己，"他难道没有意识到自己可能遭到枪击吗？"

当他看到一个机关枪的枪管从门正上方一个小窗户露出来时，他感觉自己在恐惧中颤抖。蒙塔巴诺跳了起来。机关枪响了，然后米米倒下了。

杀死米米的枪声叫醒了警长。他仍然躺在报纸上，在橄榄树下，汗水已经湿透了。至少一百万只蚂蚁已经攻占了他的身体。

乍一看，现实和梦境还是有根本差别的。克鲁西神父说，夏匹尺诺隐匿的小农舍与蒙塔巴诺在梦境中所见的如出一辙。只是在梦中，农舍有个小窗户，而现实中却是一个露天阳台。大门在阳台下面，敞开着。

与梦中不同的是，神父并没有匆忙地逃走。

他说："你可能需要我。"

蒙塔巴诺决定在适当的时候敲敲木头。克鲁西神父跟警长和奥杰洛一起躲在高粱堆后，盯着房子，担心地摇摇头。

"怎么了？"蒙塔巴诺问。

"我不喜欢门和阳台这个样子。以前我来这里，门是关着的，需要敲门。我的意思是，要当心点。我不能保证夏匹尺诺会自首。他身上总是带着枪，而且他很会用枪。"

当确定法齐奥和加洛已经到达房后预定地点后，蒙塔巴诺看着奥杰洛。

"我要进去了。你掩护我。"

"这是什么新战术？"米米回应道。"以前可是正好相反啊。"

蒙塔巴诺不能跟米米说，他在自己的梦里已经死掉了。

"这次就这么安排。"

米米没有回答，蹲坐下来。通过语气他就能判断出来，什么时候有商量的余地，什么时候没有。

天还没黑。灰暗的光线在夜幕降临前洒下来，让人能看清一切事物的轮廓。

"他为什么不开灯？"奥杰洛用下巴指了指那黑屋子。

"也许是在等我们。"蒙塔巴诺说。他说着站起来走到空地上。

"你干什么？干什么？"米米低声说着，试图抓住夹克把他拉回来。突然，一个可怕的想法出现在他脑海里。

"你带枪了吗？"

"没有。"

"拿我的。"

"不用了。"警长说着又向前迈了两步，随后停下，双手放在嘴边，拢成一个喇叭形。

"夏匹尺诺！我是蒙塔巴诺。没带武器。"

没人回答。警长又往前走了一小段距离，冷静地就像在散步。在离门十英尺的地方，他又停了下来，用比平时说话稍微大一些的声音说："夏匹尺诺！我现在要进屋了。我们可以好好谈谈。"

没人回答，也没人行动。蒙塔巴诺双手举过头顶走进房子，屋里一片漆黑。他轻轻地走到一旁，避免被人看到。这时，他闻到了十分熟悉的味道。这味道他闻到过很多次，让他有种恶心的感觉。开灯之前，他就知道自己会看到什么。夏匹尺诺躺在屋子中间，倒在血泊中。他的血在地上摊开，好像一张红色的地毯。

是割喉。当他背冲着刺客时，肯定对背叛感到惊恐不已。

"萨尔沃！萨尔沃！发生什么了？"

是奥杰洛在问话。蒙塔巴诺回到门口。

"法齐奥！加洛！米米！快过来！"

四个人跑过来，神父跟在后面，跑得气喘吁吁。看到夏匹尺诺时，他们都愣住了。第一个回过神来的是克鲁西神父，他跪在尸体旁，不顾袍子被鲜血染红，为他的灵魂祈求宽恕，口中默念诔文。米米手摸着死者的额头，确定死亡时间肯定不超过两小时。

"我们现在该怎么办？"法齐奥问。

"你们三个人开车走，"蒙塔巴尔诺说。"给我留一辆车。我留下来，想跟神父谈谈。记住：我们从来没来过这里，也从没看到过夏匹尺诺的尸体。不管怎样说，这里不归我们管辖，这是在我们的辖区之外，否则会有麻烦。"

"都一样。"米米·奥杰洛接过话说。

"一样才怪。办公室见。"

他们像夹着尾巴逃走的狗一样退出房子，虽然不情愿，但还是遵从了命令。警长听到他们离开时窃窃私语着。神父还在祷告，他从《圣母经》《天父经》念到安魂曲，承载着谋杀者的罪恶，将死者渡到远方。蒙塔巴诺爬上通往楼上的石梯，打开灯。楼上有两个只放着床垫的简易床，中间放着一个床头柜、一个简陋的大衣橱和两把木椅。在房间一角有一个小祭坛。祭坛上有一张盖着白色绣花桌布的矮桌，上面放着三尊雕像：圣母玛利亚、耶稣圣心和圣卡洛杰罗。每座雕像前都有一盏小灯。正如他祖父巴都乔所说，夏匹尺诺是一个虔诚的信徒，甚至有一位精神之父。唯一的问题是，夏匹尺诺和神父都错把迷信当宗教，这和许多西西里人一样。警长记得，有一次看到一幅二十世纪早期的油画，画上一位神父正在逃离两名宪兵的追捕。在画的右上方，圣母玛利亚从云端俯下身来，为逃跑者指明了逃亡的路。旁边还有文字："逃离法律的抓捕"。其中一张床上，横放着一把卡拉什尼科夫冲锋枪。他关上灯，走下楼，拉出一把藤椅坐下。克鲁西神父还在祷告。这时，他抬起头。

"嗯？"他说着也拉出一把椅子坐下。

"我们需要谈一谈。"

神父表示同意，但他显得局促而不安。

"我怎么才能通知巴都乔先生？"

"不用了。"

"为什么？"

"因为现在已经有人告诉他了。"

"谁？"

"自然是杀手告诉了。"

克鲁西神父努力地理解他的话。他盯着警长看，嘴唇一开一合，但什么都没说。然后，他突然明白了什么，眼睛瞪得溜圆，猛地从椅子上站起来，向后跄跄了几步，踩到血泊里，但没有摔倒。

希望他不会中风死掉，蒙塔巴诺心里想着，有些不安。

"上帝啊，你在说什么？！"神父显得气喘吁吁。

"我只是在说事实。"

"但是警察、宪兵队、特务机构在搜捕夏匹尺诺！"

"他们通常不会杀掉他们正在抓捕的人。"

"那新黑手党呢？或者库法罗家族？"

"神父，你只是不想承认，你和我都被巴都乔·西纳格拉这只狡猾的老狐狸欺骗了而已。"

"你有什么证据？"

"如果你不介意的话，请你坐下。想喝点水吗？"

克鲁西神父点头表示同意。蒙塔巴诺拿起一整罐凉水递给神父，神父立刻喝了几口。

"我没有任何证据，而且我认为，我们根本找不到证据。"

"所以呢？"

"你先回答我，夏匹尺诺不是独自一人在这里。他有一个贴身保镖，晚上睡觉都在他身边，是吗？"

"是的。"

"你知道那保镖叫什么吗？"

"洛尔·史帕达罗。"

"他是夏匹尺诺的朋友吗？还是巴都乔的人？"

"巴都乔先生的人，这是按照巴都乔的要求安排的。夏匹尺诺并不喜欢他，但是他说有洛尔在身边保护，他感觉更安全。"

"安全得可以让洛尔没有任何妨碍地杀掉他。"

"你怎么可以这么想！也许有人先杀了洛尔，然后杀了夏匹尺诺！"

"但楼上楼下都没有洛尔的尸体。"

"也许尸体在外面，在这房子外面！"

"当然有可能。我们可以去找找看，但这毫无意义。你忘了我和我的人在房子周围已经仔细搜查过了。然而并没有发现洛尔的尸体。"

克鲁西神父紧攥双手。汗珠顺着脸颊往下流。

"但是，为什么巴都乔先生要这么安排？"

"他先让我们做目击者。你认为我发现谋杀后应该怎么做？"

"我不知道……你平时都怎么做？叫法医或者法官……"

"这样就会让他扮演一个绝望祖父的角色，他会尖叫着痛斥新黑手党杀了他挚爱的孙子。他宁愿看到他孙子去坐牢。而且他已经说服了孙子来向我寻求帮助。但是你，一个神父，甚至……正如我所说，他欺骗了我们。但是谎言只到目前为止，因为五分钟之内，我就会离开，就像我从来没来过一样。巴都乔正酝酿一个新计划。如果你看到他，请给他一些建议，让他最好默默埋葬孙子，别闹出任何动静。"

"但是你……你是怎么得出这些结论的？"

"夏匹尺诺已经是笼中之鸟。他怀疑任何事、任何人。你认为他会相信不熟悉的人吗？"

"不会。"

"夏匹尺诺的卡拉什尼科夫冲锋枪就在床头。你觉得，他会手无寸铁地下楼，来到自己完全不信任的人面前吗？"

"不会。"

"告诉我，是不是有人告诉过你，如果夏匹尺诺被捕了，洛尔会采取什么行动？"

"是的。他也会束手就擒。"

"谁给他这个命令的？"

"巴都乔。"

"这是巴都乔告诉你的。但他对洛尔说的话却完全相反。"

克鲁西神父感到口渴，他又拿起水壶。

"巴都乔为什么要让自己的孙子死呢？"

"老实说，我不知道。也许那孩子糟糕透了，也许他不承认祖父的权威。你知道，继承权纠纷不只发生在王室和工业巨头身上……"

他站了起来。

"我要走了。要搭我的车吗？"

"不了，谢谢。"神父回答。"我想再多待一会，为他祷告。我很喜欢他。"

"请便。"警长在门口转过身。"我想谢谢你。"

"谢我什么？"神父警觉地问。

"因为你对谁杀了夏匹尺诺做了很多猜测，但从没提到过他的保镖。你或许可以说洛尔·史帕达罗投靠了新黑手党，但是你知道洛尔绝对不可能背叛巴都乔·西纳格拉。你的沉默让我更确定了自己的疑虑。哦，还有一件事，你走的时候别忘了关灯锁门。我不希望流浪狗……你懂吗？"

他说完走出房子，外面漆黑一片。在走到车前时，他被地上的石头和坑坑洼洼绊了一跤，这让他联想到格利佛夫妇所受的苦。

杀他们的凶手从背后踢着他们，骂骂咧咧，将他们逼进了死地。

"阿门。"他说着，心里隐隐作痛。

在回维加塔的路上，他确信神父肯定会跟巴都乔通风报信，把自己的意见说给他听。夏匹尺诺肯定会被抛尸悬崖。不，他的祖父知道孙子是多么虔诚，所以肯定会把孙子悄悄入土为安，放在其他人的棺材里。

※

走过警局大门，他发现周围很安静。大家都走了吗？但他明明告诉他们要等他回来的。不，大家都在。米米、法齐奥和加洛，他们都坐在自己的桌子旁，神情沮丧，好像是刚刚打过一架。他把他们都叫进了自己的办公室。

"我想跟你们交代一些事。法齐奥肯定已经告诉你们，我和巴都乔·西纳格拉之间发生了什么事吧。好吧，你们相信我吗？你们必须相信我，因为我从没对你们撒过谎，无论大小事情。从最开始我就知道，巴都乔认为夏匹尺诺在监狱里会更安全，所以想让我们把他抓起来，这件事说不通。"

"那你为什么还要跟进？"奥杰洛提出质疑。

"因为我想知道他要耍什么花样。如果我知道了他想干什么，就能破坏他的计划。我也正是这么做的，而且也实施了适当的应对措施。"

"什么措施？"轮到法齐奥问了。

"以非官方的方式发现夏匹尺诺的尸体。这就是巴都乔想要的：我们成为发现尸体的人，为他提供不在现场的证明。你看，他希望我告诉法官，他是想让我们不动刀兵地逮捕他的孙子。"

"法齐奥给我们解释了整件事后，"米米继续说，"我们和你的想法一样，就是巴都乔杀了自己的孙子。但是为什么？"

"目前来看，一切都不明确。但是有些事迟早会被发现。我认为一切会就此结束。"

门突然打开，重重摔在墙上，窗户都跟着颤动。大家被吓了一跳。当然，是坎塔雷拉来了。

"哦，头儿！头儿！奇科·德奇科刚刚打电话来了！他有了新进展！奏效了！我把数字写到这张纸上了。他让我跟他重复了五次！"

他把半张纸放在警长的桌子上说："请原谅我破门而入。"

随后他又出去，重重地关上门，门把手旁边那幅画上的裂缝更加宽了。蒙塔巴诺看了看车牌照号又看了看法齐奥。

"你拿到了内恩·圣菲利波的车牌照吗？"

"是哪辆车？朋多还是迪埃托？"

奥杰洛竖耳仔细听着。

"朋多。"

"那辆车的牌照我简直熟记于心：BA927GG。"

"对上了，"米米说。"但这是什么意思呢？你能解释一下吗？"

※

蒙塔巴诺讲了自己如何找到了邮政存折，还有存折里的钱数；如何根据米米的建议研究了去丁达利旅游的照片，发现一辆菲亚特撞了大巴车保险杠；如何把照片带到蒙特鲁萨法医实验室放大。

在警长说话的时候，奥杰洛一直是怀疑的表情。

"你早就已经知道了。"他说。

"我已经知道了什么？"

"你知道跟在大巴车后面那辆轿车是圣菲利波的。你在坎塔雷拉给你那张纸之前就知道了。"

"是的。"警长承认了。

"你是怎么知道的？"

一棵树，一棵撒拉森橄榄树告诉我的。这本来是事实，但蒙塔巴诺没有勇气说出来。

"直觉。"他用这句话代替了真实的答案。

奥杰洛没再继续问下去。

"这意味着，"他说，"杀害格利佛夫妇和圣菲利波的凶手之间有很大关联。"

"我们还不能这么说，"警长不同意他的观点。"我们唯一确定的是，圣菲利波的车尾随着格利佛夫妇所乘的大巴车。"

"贝巴竟然说他不停回头是为了看路。很显然，他们想确认圣菲利波的车是否还跟在后面。"

"是的。这告诉我们，圣菲利波和格列佛夫妇之间有某种联系。但是，我们不得不停在这里。也许圣菲利波真的在返程途中，在维加塔前的最后一站接格列佛夫妇上了车。"

"别忘了，贝巴说过，是阿方索·格列佛自己让司机在那停的。原本那里没有车站，也就是说，他们肯定是之前就计划好了。"

"这也没错。但是这并不说明我们能得出这样的结论：是圣菲利波杀了格利佛夫妇，或者圣菲利波因杀害了格列佛夫妇被灭口。通奸的假设仍然成立。"

"你什么时候去看英格丽？"

"明晚。但是明天早上，你要尽力收集欧金尼奥·伊尼亚齐奥·因格尔医生的信息。我对官方文件不感兴趣，你要找找其他的信息源，比如传言。"

"我在蒙特鲁萨有位朋友很了解他。我会想办法去见他。"

"但是，米米，我警告你要小心点。对所有人而言，调查那个医生和他珍爱的妻子万尼亚·蒂杜莱斯库都是极其出人意料的事。"

米米生气地皱了皱眉，"你把我当傻子吗？"

※

他一打开冰箱就看到了：茄丁酱！味道鲜美、颜色艳丽、分量充足，满满一盘，足够四个人吃了。管家阿德莉娜已经好几个月没给他做过这道菜了。早上买的面包装在塑料袋里，十分新鲜。《阿依达》中凯旋曲的调子不由自主地涌上心头。他嘴里哼唱着打开阳台上的灯，随后又打开落地玻璃门。这是一个凉爽的夜晚，但是温度恰好适合室外用餐。他打开小桌子，把菜、酒和面包拿出来，然后坐下。这时，电话响了。他用一张餐巾纸盖上饭菜后，就去接了电话。

"喂？蒙塔巴诺警长吗？我是奥拉齐奥·加塔达罗。"

这通电话他等了很久。他知道一定会打来的。

"什么事，先生？"

"首先，很抱歉我被迫在这个时间给你打电话。"

"被迫？被谁？"

"形势所迫。"这个律师真是聪明。

"你指的是什么形势？"

"我的客户朋友十分担心。"他是不是害怕在电话里提到巴都乔·西纳格拉？现在又多了一桩新血案。

"哦，是吗？为什么担心？"

"嗯……从昨天起，他就再没见过孙子了。"

从昨天起。巴都乔·西纳格拉开始掩饰自己了。

"哪个孙子？被流放的那个吗？"

"流放？"律师重复了一遍，十分迷惑。

"不必这么正式，律师先生。现在流放和逃亡的意思差不多。或者说，有人让我们觉得是一码事。"

"是的，当然。"律师仍然很困惑。

"但如果他的孙子在逃，那他怎么联系？"

对于这种无赖式的兜圈子，只能以同样的兜圈子应对。

"嗯……你也知道，通过共同的朋友……"

"明白了。这与我有什么关系？"

"没什么关系。"加塔达罗很快就确认。他又清晰地重复了那句话："这些事跟你没任何关系。"

看来信息是收到了。巴都乔·西纳格拉的行为让他知道，他已经通过克鲁西神父获知了自己的建议。关于夏匹尺诺的被害，他什么都不会说。如果不是曾经杀害过那么多人，夏匹尺诺本来可以像从未出生过一样销声匿迹的。

"加塔达罗先生，为什么你认为需要把你的客户朋友的担心告诉我呢？"

"哦，我只是想让你知道，除了这个让人苦恼的事之外，我的朋友和客户也想到了你。"

"我？"蒙塔巴诺保持警觉。

"是的。他让我给你带一个信封。他说里面有你可能感兴趣的东西。"

"听着，加塔达罗先生。我要睡觉了。今天已经够难熬的了。"

"我完全明白。"

这个该死的律师在嘲讽我。

"你可以明天把信给我送到警察局来。晚安。"他挂了电话，回到阳台又重新考虑了一下，再次回到屋里，拿起电话。

"利维娅，亲爱的，你好吗？"

电话另一头没有声音。

"利维娅？"

"我的天哪，萨尔沃，到底发生了什么？你怎么给我打电话了？"

"我怎么不能给你打电话？"

"因为你每次有烦恼的时候才会给我打电话。"

"哦，拜托！"

"不，真的，我说的是事实。当你有烦恼的时候，你肯定第一个打给我。"

"好吧，你说得对。我很抱歉。"

"你打电话来有什么事？"

"关于我们的关系，我想了很久。"

蒙塔巴诺明显听到利维娅的呼吸，但她没有说话。蒙塔巴诺继续说。

"我发现我们经常吵架，太频繁了。就像一对结婚多年的夫妻，感受到了生活在一起的压力。但好在我们没住在一起。"

"继续。"利维娅用微弱的声音说。

"所以我对自己说：为什么我们不从头开始？"

"我不太明白。你想表达什么意思？"

"利维娅，我们订婚如何？"

"我们不是已经订婚了吗？"

"不。是我们结婚。"

"好吧。那我们怎么开始？"

"像这样：利维娅，我爱你，你呢？"

"我也爱你。晚安，亲爱的。"

"晚安。"

他挂了电话。现在他可以尽情享用他的茄丁酱，不必担心被任何电话打扰了。

14

　　早上七点，他醒了。这一晚上他没做梦，睡得很沉。一睁开眼，他的姿势和刚刚躺下的时候一模一样。今天早上的阳光不是特别明媚，云彩像羊群的形状，一群一群的，但天气看来不错。他套上一条破旧的裤子，从门廊上光着脚走下来，沿着沙滩散步。清爽的风清洗着每寸肌肤、心肺和思想。回到屋里，他刮了刮胡子，然后洗了澡。在每个案件的调查过程中，总会有那么一天，有那么一个"特定的时刻"，他会莫名地感觉身心舒畅，思想交汇中感到快乐轻松，浑身的肌肉没有一丝错差，让他感觉可以无休止地走下去。闭上眼睛，不会摔倒或碰到任何物、任何人，就像有时候在梦境中那样。但这种感觉不会太长，不过这段时间也够了。现在，他凭经验知道，从此刻开始，"一切就像海道上的转向浮标"。换句话说，在调查中的任何谜团都会自行——解开。事情按预想的方向发展，刚刚好。这就是他在洗澡的时候所想的一切，虽然还很模糊。

　　　　　　　　　　　　　※

　　当他开车到达警察局门口，已经是八点一刻了。他慢慢停好车，然后想了想，又开车去了加富尔路。勤杂工给了他一个白眼，连招呼都没打：因为他刚刚擦过门口的地板，但警长走过来又把地板弄脏了，让他不得不再擦一遍。大卫·格利佛脸色苍白，但似乎恢复了一些。看到蒙塔巴诺他并不感到惊讶，并立刻给他递了一杯刚刚冲好的咖啡。

"查到什么了吗？"

"没有，"格利佛说"我到处找遍了，没有存折，也没有什么凭证可以说明两百万的情况。"

"格利佛先生，我需要请你帮我想一些事情。"

"请说。"

"我记得你告诉过我，你的父亲没有什么近亲。"

"是的。他有一个兄弟，名字我忘了，但是他死于美国 1943 年的空袭。"

"但是，你母亲却有一些走得很近的亲戚。"

"是的。她有一个哥哥一个姐姐。哥哥叫齐奥·马里奥，住在科米索。他有个儿子在悉尼工作。我们曾经提到过他，记得吗？是你问我的。"

"记得。"警长迅速打断他的话。

"我母亲的姐姐叫齐娅·朱利亚娜，曾经住在特拉帕尼，在那当老师。她到去世为止一直单身，从未想过结婚。但是我母亲和齐奥·马里奥都很少去看她。近几年，她和我母亲才走得近些。她死前两天，我母亲和父亲去看过她。他们在特拉帕尼待了将近一周。"

"你母亲和她的哥哥为什么跟朱利亚娜那么疏离？"

"我外祖父和外祖母去世的时候把仅有的财产留给了朱利亚娜，等于剥夺了我母亲和她哥哥的继承权。"

"你母亲有没有告诉过你是为什么？"

"她暗示过。显然是我外祖父感觉被我母亲和齐奥·马里奥抛弃了。我母亲结婚早，我舅舅则在十六岁之前就离家工作了，只有朱利亚娜留在家里。我外祖父母一去世，事实上，是外祖母先去世的，朱利亚娜就把所有东西都变卖了，搬到了特拉帕尼。"

"她什么时候去世的？"

"记不清了。至少有两年了。"

"你知道她在特拉帕尼的住址吗？"

"不知道。在这所房子里，我没找到与朱利亚娜相关的任何信息。我只知道她在特拉帕尼有住处。她自己买的房子。"

"最后一个问题：你母亲的娘家姓。"

"迪·斯蒂法诺。玛格丽塔·迪·斯蒂法诺。"

大卫·格利佛有一个优点：说得多，问得少。

※

每个月两百万里拉，大概顶得上一个基层文员的退休工资了。但是阿方索·格利佛已经退休了一段时间了，靠夫妇两人的退休金勉强度日。或者，更准确地说，这两年来，他们过日子是靠一笔不小的补贴，一个月两百万里拉。从另一个角度来说，这个数字少得可怜。它们仿佛是一笔笔勒索。而且，不管他如何喜欢金钱，阿方索·格利佛都缺少勇气或想象力使用勒索手段。假设他不会做勒索这样违法的事，两百万里拉一个月是怎么回事？难道就像警长最初怀疑的那样，是做挂名负责人的酬劳吗？但是，这种钱一般是一次性结清，而不是按月发放。每个月两百万里拉。这笔钱有点寒酸，让情况更难办了。而且，这种定期支付肯定暗示着什么。警长心中开始有了想法。这个巧合引起了他的兴趣。

※

他停在市政厅前，然后上楼走向档案室。他认识那儿的职员克里萨弗林。"我需要查些信息。"

"好的，警长。"

"如果一个人出生在维加塔，但在另一个城镇去世，那这个人的死亡信息也会登记在这里吗？"

"有这种规定，"克里萨弗林的回答躲躲闪闪。

"大家都遵守吗？"

"一般都遵守。但是这需要时间，你也知道。你知道这里的程序。还有，如果有人在国外去世，那就完全不会遵守了。除非死者家人愿意不辞辛苦……"

"不，我想查的那名死者是在特拉帕尼死的。"

"什么时间？"

"两年前。"

"名字？"

"朱利亚娜·迪·斯蒂法诺。"

"我们可以马上查。"克里萨弗林先生在屋子角落里放着的电脑前的键盘上敲了一会，然后看着蒙塔巴诺。

"她1997年5月死于特拉帕尼。"

"有没有登记住处？"

"没有。但如果你想知道的话，还需要大概五分钟。"

这时，克里萨弗林有一个奇怪的举动。他走回办公桌，打开抽屉，拿出一个金属小瓶，拧开盖子尝了一口，拧上盖子，把瓶子放下，然后回到电脑前工作。看到桌子上满是烟头的烟灰缸，烟味充满整个屋子，警长自己点了一支烟。当职员开始说话时，他把烟又熄了。

"找到了。她住在利伯特大街 12 号。"说话的声音很微弱。

他是生病了吗？蒙塔巴诺想问问他，但是没时间说这些了。克里萨弗林迅速回到办公桌前，抓起小瓶，又大吸了一口。

"白兰地，"他解释到，"我还有两个月就退休了。"

警长疑惑地看着他，想不出之间有什么关联。

"我是老派的职员，"他说，"我以前干这种事要花好几个月呢。现在节奏这么快，我头晕。"

※

警长用了两个半小时到达特拉帕尼的利伯特大街，12 号是一栋三层小楼，楼下有一个精致的小花园。大卫·格利佛告诉过他，它的业主原本是齐娅·朱利亚娜。她去世后，这栋房子可能卖给了她也不认识的人。她的财产也很可能已经捐给慈善机构了。紧挨着大门旁边有一部对讲机，上面只有三个名字。这所公寓肯定特别大。他按下最上面的按钮，一个女人接了电话。

"哪位？"

"打扰了，女士。我想了解一些已故的朱利亚娜·迪·斯蒂法诺的信息。"

"按第二栋公寓的门铃，中间那个按钮。"

挨着中间名牌的那个按钮写着：巴埃里。

"天哪，什么事！谁啊？"另一个女士接起电话。这位女士年长一些。本来警长按了三次门铃都没人应，已经快放弃了。

"我是蒙塔巴诺。"

"什么事？"

"我想问你几个关于朱利亚娜·迪·斯蒂法诺的问题。"

"说吧。"

"就在这？通过对讲机？"

"怎么？需要很长时间吗？"

"嗯，如果能……"

"好吧，我给你开门。"老女人回答，"现在按我说的做。大门一开，你就进来，在中间的走廊上等着。如果你不照我说的做，我就不给你开前门。"

"好的。"警长表示同意。

站在中间的走廊上，警长不知道该怎么做。随后，他看到阳台上的几扇百叶窗开了，走出一位老妇，戴着假发，全身黑衣，手中拿着望远镜。她拿起望远镜仔细看了看蒙塔巴诺，这让蒙塔巴尔诺有种说不出的窘迫感，就像没穿衣服一样。老妇又回了屋，关上百叶窗。不一会儿，警长听到金属碰撞的声音，前门打开了。很显然，楼里没有电梯。在二楼，挂着巴埃里名牌的门是关着的。还有什么其他考验在等着他？

"你说你叫什么？"门后一个声音问。

"蒙塔巴诺。"

"干什么的？"

如果他说自己是警察，老妇可能会晕过去。

"我在政府部门工作。"

"能看看你的身份证吗？"

"可以。"

"从门缝塞进来。"

耐着性子，警长按照她说的做了。五分钟过去了，鸦雀无声。

"我开门了，"老妇说。

这时，警长才惊讶地发现，这扇门有四把锁，门后肯定还有挂锁和链子。十分钟的开锁声后，门开了。蒙塔巴尔诺终于走进了巴埃里的家。他被带到一间大起居室，室内的家具颜色都很暗。

"我叫阿孙塔·巴埃里，"老妇开始说话了，"看你的身份证，你给警察做事。"

"是的。"

"哦，很好。"巴埃里夫人讽刺地说。

蒙塔巴诺没说话。

"小偷和杀人犯想干什么就干什么，警察们都借口维持秩序去球赛现场了！要么就是去护送奥尔多议员了。他才用不着护送呢，光是看着别人就够吓死了。"

"巴埃里夫人，很抱歉打断你，我是来同你谈朱利亚娜·迪·斯蒂法诺的事的。这原来是她的公寓，是吗？"

"是的。"

"你是从死者手中买的这所房子吗？"

"我没买任何东西！你所说的死者，把这房子给了我，一清二楚，她自愿的！我跟她住了三十二年。我付房租的。虽然不多，但房租我是付的。"

"她留给你其他东西了吗？"

"啊，所以你不是警察局的，是税务局的！是的，先生，她还留给了我另一间公寓，但那公寓特别小。我把它租出去了。"

"还有别的东西吗？她有没有给其他人留东西？"

"还有谁？"

"不清楚，比如亲戚……"

"她有一个姐姐，虽然多年没联系，但后来重归于好；她留给了姐姐一些小东西。"

"你知道是什么东西吗？"

"当然！她在我面前立的遗嘱，我还有副本呢。她留给姐姐一个马厩还有一些地，给她的东西不多，只是留个念想。"

蒙塔巴诺感到困惑。会有人把自己的地送给另一个人吗？巴埃里女士接下来的话给他解开了疑虑。

"不，一点都不多。你知道一海得是多少地吗？"

"老实说，不知道。"警长回过神来回答。

"当朱利亚娜离开维加塔到这生活的时候，她没办法卖掉马厩和周围鸟不生蛋的土地，所以她决定把这些留给姐姐。当时不值什么钱。你知道马厩的位置吗？"

"不知道。但是这些应该都清楚地写在遗嘱里。你说你有遗嘱的副本。"

"哦，圣母玛利亚！什么？你想让我找到遗嘱副本吗？"

"如果你能帮忙的话……"

老妇站起来，自言自语着走出房间，不到一分钟就回来了。她清楚地知道副本在哪儿。她粗鲁地把遗嘱递给蒙塔巴诺。蒙塔巴诺浏览了一下，最终发现了想要的东西。马厩在农村建设工程中被改成了一座房子，大小四米见方。周围是一千平方米的土地。正如巴埃里女士所说，地方并不大。位置在一个叫摩尔的地方。

"十分感谢，打扰了。"警长礼貌地说着站起来。

"你为什么对马厩这么感兴趣？"女人也站起来，问道。

蒙塔巴诺犹豫了一下，他得想一个好借口。但是巴埃里女士继续说："我之所以这么问，是因为你是第二个来问马厩的人。"

警长又坐下，巴埃里女士也坐下。

"什么时候的事？"

"朱利亚娜葬礼的第二天，当时他姐姐和丈夫也在。他们睡在后屋。"

"说说都发生了什么。"

"我几乎快忘了，因为咱们谈论起来我才想起来。葬礼第二天，快到吃饭的时间，电话响了，我接的。一位男士说对马厩和周围的地感兴趣。我问她是否知道朱利亚娜去世了，他说不知道。他问我可以找谁谈谈这笔生意，我说玛格丽塔的丈夫，因为他妻子继承了这片地方。"

"你听到他们说了什么吗？"

"没有，我离开了房间。"

"来电话的男士有提到自己的名字吗？"

"他可能说了，但我记不得了。"

"后来，格利佛先生有当着你的面提过那通电话吗？"

"他走进厨房，玛格丽塔问了那通电话的情况。他说那个人住在维加塔，跟他们住在一栋楼里。没有其他的了。"

正中靶心！蒙塔巴诺跳了起来。

"我得走了，非常感谢，打扰了。能帮我开下门吗？"

"我有件事很好奇，"巴埃里女士吃力地跟上他说，"你为什么不直接问阿方索这些事？"

"阿方索是谁？"蒙塔巴诺问。这时门已经打开了。

"什么意思？阿方索是谁？玛格丽塔的丈夫啊。"

天哪！这位女士丝毫不知道谋杀案的事！她显然没有电视也不读报纸。

"我也会问他的。"警长说着往楼下走。

在他看到的第一个电话亭旁，他停下车，走过去，但立刻发现有一个小红灯在闪烁，这台电话不能用了。他找到另一个电话亭，也坏了。他骂了几句，感觉一切都是那么顺利，偏偏在这些小事上碰到了麻烦，这一定是要出大事的前兆。找到第三个电话亭后，他才给局里打通了电话。

"哦，头儿！头儿！你去哪儿了？我整个一早上都在……"

"一会再说这些，坎塔。你先告诉我摩尔在哪儿。"

电话那头先是沉默，随后发出咯咯的笑声，像是在嘲笑。

"我怎么会知道，头儿？你知道这些天维加塔是什么情况。

到处都是小矮个儿（Smallies）。"

"立刻让法齐奥接电话。"

小矮个儿？难道移民中有很多侏儒吗？

"什么吩咐，头儿？"

"法齐奥，你能告诉我摩尔在哪吗？"

"稍等，头儿。"

法齐奥的大脑像电脑一样飞速运转。在他的脑袋里装了很多东西，包括维加塔的政区详图。

"那是蒙塔塞拉托的辖区。"

"告诉我怎么去。"

法齐奥先解释了一番，随后说："很抱歉，坎塔雷拉坚持要与您通话。您从哪里打来？"

"特拉帕尼。"

"您去特拉帕尼做什么？"

"我稍后告诉你。把电话给坎塔雷拉。"

"喂，头儿？我想说今天早上……"

"坎塔，小矮个儿是什么？"

"从索马里来的人，头儿，非洲。他们可能是这么称呼，也叫索马里人。"

他挂了电话，飞速地开着车，随后在一个大五金店门口停下，自助的，他自己买了一个铁锹、一副大钳子、一把锤子和一个小钢锯。当他结账的时候，一位黝黑皮肤的漂亮女收银员对他笑了笑。

"祝您抢劫成功。"她说。

他并不想回话。回到车上，他不经意看了看自己的手表，已经快两点了，他顿时感到饥饿难耐。他看到一家餐馆，门前停着两辆牵引式拖拉机。这家的饭菜肯定特别好。在他的脑海中，天使和魔鬼之间发生了一场简短但激烈的争斗。天使赢了，于是他继续赶往维加塔。

"连个三明治也不吃吗？"魔鬼抱怨。

"不。"

※

蒙塔塞拉托是一座高耸的山脉，把蒙特鲁萨和维加塔分开。山脉的起点在海滨，向内陆延伸五六千米。山顶最后一道山脊矗立在一座巨大而古老的农场上，位置过去与世隔绝，现在也没好多少。不过随着基础设施建设高潮迭起，各地争相修建高速路、桥梁、高架桥或者隧道，当局也为这里修了一条窄窄的柏油路。老校长布尔焦几年前曾跟他说过蒙塔塞拉托，讲的是 1944 年，他与一个一见如故的美国记者朋友来蒙塔塞拉托远足。他们在乡间走了几个小时，然后又开始攀爬，偶尔停下来休息。后来他们来到一栋房子，看到周围高高的围墙，被两只从未见过的狗挡住了去路。它们有点像灵缇犬，但尾巴又短又卷，像猪的尾巴，耳朵像猎狗一样长，眼神凶神恶煞。两只狗吓得他们不敢动弹，只要他们稍微一动就狂吠起来。最后，从房子里有人骑马过来了，与他们一路同行。他是房子的主人，带两人参观了修道院遗迹。在这里，布尔焦和美国朋友在一面潮湿腐朽的墙上看到了一幅超凡脱俗的《耶稣诞生》壁画。日期清晰可见：1410 年。画上有三只狗，正是他们在来的路上碰到的那种狗。多年后，这里铺上了柏油马路，布尔焦故地重游。修道院的遗迹已经没了，建起了一个大车库。有壁画的那堵墙也被推倒了。在车库周围，人们还可以在地上发现彩色的墙灰。

※

警长找到了法齐奥让他找的小教堂，十码之外是从山丘延伸下来的土路。

"小心，这很陡。"法齐奥曾说过。

这岂止是陡，简直是竖直的。走到半路时，他停下来，下车，从路边向外看。眼见的一切的景色不可谓不恐怖，但也不乏美感，就看从什么角度看了。这里没有树，除了百码外能看到的房顶之外，没有其他房子。土地并不肥沃，杂草野蛮生长着。当然，那所小房子几乎被埋在高高的草丛中，当然，除了房顶露出来。房顶是重新盖的，顶上的砖瓦完好无损。看到电线和电话线从遥远的、看不到的地方延伸到前面的马厩，蒙塔巴诺有些沮丧。这里的风景从最开始就是如此，电线和电话线和这里一点也不搭。

15

在土路左手边，来往车辆开辟出了一条小道，直接通向了旧马厩大门。门是实木打造的，装着两把锁。此外，一串防止摩托车被盗的链子依次通过两个螺丝眼，被一个大挂锁缚住。门的旁边是一扇小窗户，连一个五岁的小孩都爬不过去，被铁条封着。通过铁条可以看到窗格被漆成了黑色，或许是为了防止别人往里看，又或许是晚上防止灯光外露。

蒙塔巴诺有两种行动方案：回维加塔请求增援，或者现在就硬闯，尽管他确信这将是一个漫长而艰巨的任务。很自然地，他选择了后者。脱掉夹克，他拿起小钢锯，这是他在特拉帕尼有幸买到的，开始认真地锯链子。十五分钟后，他的手臂开始疼了。半个小时后，疼痛已经扩散到了胸部中央。一个小时后，在撬棍（用作杠杆）和钳子的帮助下，链子断了。汗水已经湿透了，他脱掉衬衫，铺在草地上，希望自己干一干。他坐回车里休息，甚至连烟都不想抽。

※

感觉休息够了之后，他拿着全套撬锁工具开始撬第一把锁。他笨手笨脚地撬了大约半个小时，发现没有用。在第二把锁上也毫无进展。然后他想到了一个"聪明"点子。他打开后备箱，抓住手枪，装上子弹，瞄准，然后向两把锁中高一点儿的那把开了火。子弹击中目标，击中金属后反弹了出去，轻轻擦破他的身体一侧，跟几年前他受伤时一样。唯一的结果是，锁眼被打坏了。他诅咒着把手枪放回了原处。为什么美国电影里的警察总是可以用这种方法开门呢？这场惊吓又让他出了一身汗。他脱下内衣，晾在了衬衫旁边。手里拿着锤子和凿子，他开始凿他开过枪的那把锁周围的木头。差不多一个小时后，他觉得差不多了，于是大力用肩膀一推，现在肯定能推开门了。他后退三步，开始起跑，把肩膀撞到门上。但是门纹丝不动。疼痛贯穿了整个肩膀和胸部，连眼泪都疼出来了。为什么这该死的门还没有开？他忘记了，在用肩膀撞门之前，他必须把第二把锁也松动松动。现在裤子也湿了，于是他把裤子也脱了下来，放到衬衫和汗衫旁边。又过了一个小时，第二把锁也开始松动了。他的肩膀已经肿了，开始阵痛。他用锤子和撬棍，但那门还在莫名其妙地抵抗着。突然间他被一股无名火压倒：他开始踢门，用拳猛击门，像个疯子一样尖叫，就像卡通片里的唐老鸭一样。

他一瘸一拐地回到车上。他的左脚很痛，于是脱下了鞋子。就在这时，他听到一个声音：就像在卡通故事里一样，门自己决定屈服，向门里面开了。蒙塔巴诺跑回了房子。看到抹上灰泥和粉刷过的旧马厩完全是空的。一件家具也没有，甚至一张纸也没有。什么也没有，好像从来没有被使用过。除了在墙基上有一些插座和电话插孔。警长站在那里，盯着那片空虚，没法相信自己的眼睛。

天黑了，他下定了决心。他把门扶起来，靠在侧柱上，拾起他的汗衫、衬衫和裤子扔到后座，穿上他的夹克，打开车灯回马里内拉的家，希望不会有人在半路上阻止他。一晚上折腾，生了个姑娘。

※

他选了一条绕道很远的路线回家，但免去了路过维加塔的麻烦。他必须开慢点，因为刚才开枪伤到了右肩，现在那里就像刚从烤箱拿出来的面包一样鼓胀。他在家门前的停车区停下来，呻吟着拿起衬衣、汗衫、裤子和鞋子，然后关掉车灯，下了车。前门外的灯没有开着。他向前走了两步，然后呆住不动了。门旁边有个影子。有人在等他。

"你是谁？"他愤怒地问。

影子没有回答。警长又向前走了两步，然后意识到是英格丽。她呆呆地看着他，说不出话来。

"晚一点儿我会解释。"蒙塔巴诺觉得不得不说，因为装着钥匙的裤子被他拿在手里。稍微缓过神的英格丽从他手里接过钥匙。门最后终于开了。英格丽在灯光下充满好奇地仔细打量他，然后问："你是去和加州梦男一起表演了吗？"

"他们是谁？"

"男脱衣舞者。"

警长什么也没说，脱下了自己的夹克。一看到他肿胀的肩膀，英格丽没有尖叫，也没有要求任何解释。

她只是说："你家里有药水吗？"

"没有。"

"给我你的车钥匙，然后躺到床上去。"

"你要去哪儿？"

"附近肯定有药店还开着，你不觉得吗？"英格丽说，同时拿起了家里的钥匙。

蒙塔巴诺脱掉衣服，实际上他只需要脱掉袜子和内裤，然后去洗个澡。现在他左脚的大脚趾像中等大小的梨一样大。走出浴室后，他看了看床头柜上的手表，不知不觉已经九点半了。他拨打了警局的电话，一听到是坎塔雷拉的声音，就换了个声音说话。

"你好，我是于勒先生。我找米米·奥杰洛先生。"

"你是法国人吗，先生？从法国来的？"

"是的。"

"你说的米米·奥杰洛先生不在。"

"谢谢。"

※

他打了米米家里的电话。它响了很长时间，但是没人接。万不得已，他到电话簿上找到了比阿特丽斯的电话。她立刻就接了。

"比阿特丽斯，我是蒙塔巴诺。抱歉打扰你，但是……"

"你想要跟米米说话是吗？"这个神奇的人打断了他的话，"我让他接。"

她一点也不尴尬。另一方面，米米立刻就开始说抱歉了。

"萨尔沃，我恰好在这个地区，你瞧，我反应过来的时候正好在贝巴门外。"

"看在上帝的份上，米米，这没什么。"蒙塔巴诺大度地让步了，

199

"首先让我道歉，因为打扰你了。"

"一点儿也没有！我从来没这样想过！我能为你做什么？"

哪怕是中国人，在繁文缛节上也做不到更好的吧。"我想问你，我们明天早上八点左右能在办公室见面吗？我有一个重要发现。"

"是什么？"

"格利佛夫妇和圣菲利波之间的关联。"

他听到米米像被人踢到腹部时那样吸了一口气。接着米米结巴着说："你现在在哪里？我马上去找你。"

"我在家，但是英格丽在这里。"

"哦，让我来告诉你，萨尔沃，不管怎样，就别把她牵涉进来了吧，你刚才说过那些之后，出轨这个猜想就再也站不住脚了。"

"听着，不要告诉任何人我在哪里。我现在要挂断电话了。"

"当然，当然。"米米谄媚地说。

蒙塔巴诺一瘸一拐回到床上躺下。他花了半个小时才找到舒服的姿势。他闭上眼，马上又睁开了。他没有邀请英格丽吃晚饭？那他怎么能穿好衣服，用脚站起来，然后走着去一家餐厅呢？餐厅这个词立即给了他凹陷的胃一种空虚的感觉。它多久没吃东西了？他起来走进厨房。冰箱的最上层是放满了红鲱鱼的餐盘。放心之后，他回到了床上。听到前门打开的时候，他正在打盹。

"我马上过去。"英格丽从餐厅里喊。

几分钟后，她带着一个小瓶子、一卷弹性绷带和一卷纱布过来了。

"我想还清我的债务。"她说。

"什么债务？"蒙塔巴诺问。

"你不记得了吗？我们第一次见面的时候，我扭伤了脚踝，你把我带到了这里，还给我按摩……"

现在他当然记得了。爱上他的那位蒙特鲁萨女警察安娜闯进来的时候，她当时正半裸着躺在床上。女孩产生了误解，使他的生活陷入了地狱。利维娅和英格丽见过吗？也许在医院，他受伤的那次……

在英格丽持续缓慢的抚摸之下，他觉得眼皮开始下垂，他向一场美味的睡眠投降了。

"醒一醒，我现在必须要给你包绷带……手臂抬高，保持住……向我这边再转一点。"

他服从了，满足的微笑挂在嘴唇上。

"好了，"英格丽说。"半个小时以后，你就会开始觉得好一点儿。"

"那大脚趾怎么办啊？"他问，嘴有点发粘。

"你说什么？"

警长没有说话，把脚从床单下面伸出来。英格丽又忙活起来了。

※

他睁开了眼。从餐厅传来一个男人的声音，在小声说话。他看了看手表，十一点多了。他感觉好了很多。英格丽叫了医生吗？他起身，只穿着内衣，而且肩膀、胸部和大脚趾都包着绷带，他过去看看。不是医生。好吧，其实也是医生，不过是在电视上，正在主持一个神奇的减肥节目。英格丽正坐在单人沙发上。看到

201

他进来，她匆匆站起来。

"好点儿了？"

"是的。谢谢你。"

"要是饿了的话，我已经把晚饭弄好了。"

桌子已经摆好了。从冰箱里拿出来的鲱鱼，直接吃就可以了。他们坐了下来，吃鱼的时候，蒙塔巴诺问道，"你为什么没有在马里内拉酒吧等我？"

"要等一个多小时吗，萨尔沃？"

"你是对的，不好意思。你为什么没有开车来？"

"我没开车，修着呢。一个朋友带了我一程去酒吧。然后你没有露面，我就决定走到这儿来。我知道你早晚会回家的。"

吃鱼的时候，警长看着英格丽。她越来越漂亮了。在她的嘴角，现在有一条小皱纹，让她看起来更成熟了。多么特别的一个女人啊！她都没问肩膀怎么弄伤的。她全身心感受着美食之乐；每条鲱鱼被按比例分成了三份。她大口地喝着酒：蒙塔巴诺还在喝第一杯的时候，她已经是第三杯了。

"你想问我些什么？"

这个问题让警长感到困惑。

"我不明白。"

"萨尔沃，你给我打电话告诉我了。"

录影带！他已经完全忘了这回事儿。

"我想让你看些东西。但是让我们先把鱼吃完。想要一些水果吗？"

接着让英格丽坐在单人沙发上，他拿出了磁带。

"我已经看过这个电影了！"她拒绝道。

"不是看这个片子，是看里面录的东西。"

他把磁带放进去，打开，坐在另一把单人沙发上。接着他快进到空床铺的镜头出现，摄影师在对着焦。

"看起来像个良好的开端。"英格丽微笑着说。

接着是漆黑的屏幕。画面又一次出现，现在是内恩·圣菲利波的情妇用《裸体的玛哈》的姿势躺在床上。刚放了一秒钟，英格丽就站了起来，既惊讶又不安。

"这是万尼亚！"她几乎大叫起来。

蒙塔巴诺从没见到英格丽这么难受过，从来没有，哪怕是她遭人构陷为案件主谋那次也没有，最起码看上去没有。

"你认识她吗？"

"当然。"

"是你的朋友吗？"

"我们是很好的朋友。"

蒙塔巴诺关掉了视频。

"你怎么拿到这盘磁带的？"

"我们可以到另一个房间谈吗？又开始疼了。"

他上了床。英格丽坐到床边上。

"这样我不舒服。"警长抱怨说。

英格丽站起来，把他拉起来，往他背后塞了个枕头，好让他保持半躺的姿势。蒙塔巴诺开始享受有护工伺候的感觉了。

"你怎么拿到这盘磁带的？"英格丽又问。

"是我的副手在内恩·圣菲利波家找到的。"

"他是谁？"

"你不知道？一个二十岁小伙子，几天前被杀了。"

"是，我听到一些传闻。但他为什么会有这盘磁带呢？"英格丽相当真诚。她似乎真的被整个事件震惊了。

"因为他是她的情人。"

"什么？一个像这样的孩子？"

"是的。她从来没跟你说过？"

"从来没有。至少她从来没有提过他的名字。万尼亚很矜持。"

"你们两个是怎么遇见的？"

"啊，在蒙特鲁萨拥有幸福婚姻的外国女人就是我、两个英国女人、一个美国人、两个德国人，再就是万尼亚，这个罗马尼亚女人。我们成立了一个俱乐部，就是一起玩耍。你知道万尼亚的丈夫是谁吗？"

"知道，因格尔医生，一位器官移植外科医生。"

"嗯，据我所知，他人不是很好。曾经，他们挺甜蜜的，虽然万尼亚比他小二十岁，后来她激情减退了，他也是一样。他们彼此见面越来越少，他也经常去世界各地旅游。"

"她有情人吗？"

"据我所知没有。不管发生了什么，她仍然很忠诚。"

"不管发生了什么？你什么意思？"

"他们早就分床睡了，万尼亚是一个人睡。"

"我大概了解情况了。"

"接着，大概三个月以前，她突然变了。她一会儿高兴，一会儿哀伤。我意识到她恋爱了。所以我问她，然后她说是。我能判断出，那主要是因为肉体的激情。"

"我想见见她。"

"谁？"

"谁？你什么意思？"

"你的朋友万尼亚。"

"但她两周前离开了。"

"你知道她在哪儿吗？"

"当然。她在布加勒斯特附近的一个村子里。我有她的地址和电话号码。她给我写了个纸条，就两行字。她说必须回罗马尼亚，因为她父亲在失去部长职位和群众威信后就生病了。"

"你知道她什么时候回来吗？"

"不知道。"

"你了解因格尔医生吗？"

"我最多见过他三次。有一次他来我家，他很优雅，但让人不舒服。显然他有收藏绘画的癖好。万尼亚说他的收藏狂热是一种病。他在这上面花费的钱已经达到了惊人的数目。"

"听着，我想让你回答之前想一想，如果他发现了她的不忠，他会杀掉或者让别人杀掉万尼亚的情人吗？"

"你肯定在开玩笑！他一点都不在乎万尼亚了！"

"但你觉得，她的丈夫可不可能是让她离开维加塔，从而把她和情人分开？"

"是的，有可能。但如果他那么做，也只是为了避免流言蜚语。他不是那种会任由事件发酵的人。"

他们互相沉默地看着，已经无话可说。然后蒙塔巴诺突然想到了什么。

"如果你没有车要怎么回家？"

"叫出租车？"

"在这个点儿？"

"我睡在这里吧。"

蒙塔巴诺感觉额头上开始冒汗珠。

"你的丈夫呢？"

"不用担心他。"

"我跟你说，开我的车走吧。"

"那你呢？"

"明天早上我会找人来接我的。"

英格丽沉默地盯着他看。"你觉得我是一个发情的荡妇吗？"她非常严肃地问道，眼睛里有一种悲伤。

警长感到尴尬。"你留下我会很开心。"他真诚地说。

仿佛她一直住在这个房间里一样，英格丽打开了他梳妆台的一个抽屉，拿出一件衬衫，问："我穿这个可以吗？"

半夜，昏昏欲睡的蒙塔巴诺意识到他旁边躺着一个女性的身体，只有可能是利维娅。他伸出手，把手放到了一个光滑、挺翘的屁股上。突然间，一股电流贯穿了他。天呐，不是利维娅！他立马把手拿开了。

"放回去。"英格丽沙哑地说。

※

"六点半了。咖啡煮好了。"英格丽说，轻轻地抚摸着他受伤的肩膀。警长睁开了眼。英格丽只穿着他的衬衫。

"抱歉那么早叫醒你。但是你自己睡着前说的，你八点要到办公室。"

他起了床，感觉没那么疼了，但是包扎太紧，活动不便。英格丽为他拆掉了。

"你洗漱之后我再给你扎上。"

他们喝了她煮的咖啡。蒙塔巴诺只能用左手，因为右手还是麻的。他怎么洗澡呢？英格丽似乎看穿了他的心事。

"让我来吧。"她说。

在浴室里，她帮警长脱下内裤。她也脱下了衬衫。蒙塔巴诺小心翼翼地避免看她。而另一方面，英格丽的样子就像两人已经结婚十年了。洗澡的时候，她给他涂了肥皂。开始时，蒙塔巴诺没有反应，他仿佛回到了小时候，感受着有爱心的双手，开心极了。

"我看到了觉醒的明显迹象。"英格丽大笑着说。

蒙塔巴诺低头一看，猛地脸红了。迹象不只是明显。

"原谅我，我很羞愧。"

"为什么？"英格丽问。"因为你是个男人？"

"打开冷水，那样最好。"警长说。

擦干的时候很疼。当他穿上内裤，他满意地叹息，好像表明危险已经过去。再次给他包扎之前，英格丽穿上了衣服。这样一来，警长就可以坦荡相对了。出门之前，他们又喝了一杯咖啡。英格丽爬上了司机的座位。

"现在我想让你把我带到警察局，然后你可以开我的车去蒙特鲁萨。"蒙塔巴诺说。

"不用，"英格丽说，"我会开车送你到警局，然后从那里打车。这比随后还要把车还给你要简单些。"

※

前一半车程中，他们都沉默地坐着。然而，一个想法一直让警长的脑子焦虑不安。他鼓起勇气问："昨天晚上我们发生了什么吗？"

英格丽大笑起来，"你不记得了吗？"

"不记得了。"

"对你来说，记得很重要吗？"

"是的。"

"好吧。你知道发生了什么吗？什么也没有，如果这是你的顾虑的话。"

"如果我没有任何顾虑呢？"

"那么所有事情都发生了。看什么对你最好吧。"

又沉默下来。

"你认为我们的关系从昨晚开始已经改变了吗？"英格丽问。

"当然没有。"警长坦白地回答。

"那又为什么问？"

她的推理是合理的。蒙塔巴诺没有问更多问题。把车停在警局前面，她问："你想要万尼亚的电话号码吗？"

　　"当然。"

　　"今天上午我稍后会打电话给你。"

　　打开车门以后，在英格丽帮助蒙塔巴诺下车的时候，米米·奥杰洛出现在警局门口，猛地停下，对这个场景相当感兴趣。英格丽轻吻警长嘴唇后便匆匆离去。米米一直从后面看着她，直到她离开视线。警长费了很大的劲才自己走到人行道上。

　　"疼得很。"他说，走到了奥杰洛身旁。

　　"知道你走样的时候是个什么样子了吧？"米米假笑着说。

　　警长真想打掉他的牙齿，但害怕会伤到手臂。

16

"好的，米米，仔细听我说的话，但也别开车分心。我的一侧肩膀已经伤了，负担不起任何更多的伤害。另外，最重要的是，中间不要问问题，不然我思路就断了。所有问题都留到最后等我说完了，行？"

"行。"

"不要问我是怎么找到这些问题的答案的，行？"

"行。"

"不要问无用的细节，行？"

"行。你开始之前，我可以问一个问题吗？"

"只有一个。"

"除了手臂之外，你也伤到头了吗？"

"这是什么意思？"

"你刚才问了这么多次'行'，我觉得很好笑。你是着魔了还是怎样？不管你说什么，我都会说'行'，哪怕我什么也不知道。行？你可以开始了。"

"玛格丽塔·格利佛有一个哥哥和一个姐姐。她的姐姐叫朱利亚娜，当教师的，住在特拉帕尼。"

"她死了吗？"

"你看见了吧？看见了吧？"警长突然大叫起来。"你答应好了的！还是问出这种蠢问题！她当然死了，不然我就会说她还活着了。"

奥杰洛没有吱声。

"玛格丽塔从年轻的时候就不愿意跟姐姐联系，因为财产继承发生过争吵。然而有一天，两姐妹联系上了。玛格丽塔听说朱利亚娜就要死了，于是和丈夫一起去看她。他们住在朱利亚娜的家里。很久以来，跟朱利亚娜一起住的还有她的一个朋友，叫巴埃里小姐。格利佛夫妇了解到朱利亚娜在她的遗嘱中留给他们的是一个旧马厩，周围有一小块土地，在维加塔周边一个叫摩尔的地区，也就是咱们现在正去的地方。这只是姐妹之情的象征，一文不值。葬礼后的第二天，格利佛夫妇还在特拉帕尼，有个人打电话称对旧马厩感兴趣。他不知道朱利亚娜已经死了。巴埃里小姐把电话递给了阿方索·格利佛。这也是合理的，因为它现在归他妻子所有。两个男人在电话中商谈。至于他们对话的内容，阿方索似乎闪烁其词。他只告诉妻子说，打电话的人跟他们住在同一栋公寓。"

"天呐！内恩·圣菲利波！"米米大声呼喊，让车偏离了方向。

"请安全驾驶，否则我不会告诉你任何其他事情了。马厩的主人就住在楼上，这似乎是一个奇妙的巧合。圣菲利波不知道朱利亚娜死了，否则他没有理由伪装。他不知道那个旧马厩遗赠了格利佛夫人，因为那时候遗嘱还没有公示。"

"好的。"

"几个小时以后，两个男人见面了。"

"在维加塔？"

"不，在特拉帕尼。对圣菲利波而言，跟格利佛夫妇见面越少越好。我打赌，圣菲利波一定是给老人讲了一堆危险的风流韵事……一旦他们被发现，后果就会很严重……总之，他需要那个马厩，把它改造成一个临时住所。但是必须遵守一些规矩：遗产税不能公开；如果被发现，圣菲利波就必须交税了；格利佛夫妇不能踏进房间；从那天起，如果他们在路上碰到了，连招呼也不能打；他们不能跟儿子谈论任何这些内容。那对老夫妇那么喜欢钱，就接受了条件，将第一笔二百万里拉装进了口袋。"

"但是，为什么圣菲利波需要那么偏远的地方呢？"

"当然不是把它变成屠宰场。除了偏远以外，那儿没有水，没有厕所。如果需要上厕所，必须到户外解决。"

"然后还有什么？"

"你会自己找出答案。看到那边的小教堂了吗？过去，那边有一条土路，在左边。在那儿拐弯儿，开慢点，因为那儿有很多坑。"

门仍然是靠在侧柱上，正如他前一晚离开的时候一样。没人在里面。米米把它挪开，两个人走了进去，房间立马看起来比实际还要小。

奥杰洛静静地看了看四周。

"他们清扫了这里。"他说。

"看到这些电源插座了吗？"蒙塔巴诺说，"房间里有引进来的电和电话，但是没有厕所。这就是他的办公室，他每天到这儿来为老板工作。"

"老板？"

"当然。他为一个'第三方'工作。"

"那会是谁呢？"

"那个人告诉他，要找一个远离所有人、所有事的隐蔽所在。我可以冒险做一些猜测吗？第一，毒品贩子。第二，恋童癖。然后雇一个黑客。从这里，圣菲利波可以与整个世界联系。他可以上网，跟外界沟通，然后向老板汇报。这套机制顺利运行了两年。接着，某件严重的事情发生了，他不得不斩断所有的联系，掩盖痕迹。圣菲利波遵从上级指令，说服格利佛夫妇去丁达利进行一次美妙的旅行。"

"但目的是什么？"

"他可能给那对可怜的老人胡说八道了一通，比如说，暴力的丈夫发现了奸情，而且因为老人是同伙，所以连他们也不会放过，他有个好主意——为什么不去马拉斯皮纳的丁达利旅游一趟呢？被戴了绿帽的愤怒丈夫绝不会想到去公共汽车上找他们……他们只需要离家一天，在此期间，他自己的朋友会出面干预，安抚吃醋的丈夫……他也会开着自己的车同行。那对老夫妻被他的狡黠惊吓了，同意了这样做。圣菲利波会通过手机了解最新进展。但回到维加塔之前，这对老人必须要求司机额外停车一次。这样一来，圣菲利波就能把最新信息告诉他们了。一切都按计划展开。到达维加塔之前的最后一次停车时，圣菲利波告诉两个人，事情还没有解决，他们最好别回家过夜，于是把他们带到自己的车里，然后交给了刽子手。那一刻他还不知道，自己也被打上了死亡标记。"

"但你还没告诉我，为什么必须把格利佛夫妇解决呢。他们可能连自己的那处财产在哪儿都不知道！"

"有人要进入他们的公寓，删除所有和那份财产有关的文件。比如说，遗嘱的复印件或者朱利亚娜的某封信件，上面说为了缅怀姐妹之情，遗赠给姐姐一个马厩，这一类的东西。去找东西的人还发现了一本邮储银行的存折，上面的金额太大了，这两个穷老头老太不可能有这么多钱，所以把这个也抢走了。但这是个错误，因为这会引起我的怀疑。"

"老实说，萨尔沃，我不觉得这趟去丁达利的旅行很有说服力，至少你的这套说法没什么说服力。有什么必要那么做呢？那些人穷凶极恶，完全可以冲进格利佛夫妇的公寓，想做什么做什么！"

"是的，但是那样的话，他们就要把夫妇两人杀害在公寓里，惊动圣菲利波，杀手肯定跟他说过，他们无意杀害老两口，只是想吓唬吓唬他们……记住，如果我们认为格利佛夫妇的失踪与圣菲利波的死亡没有关联，这样对他们每个人都好。事实上，我们确实花了很长时间却发现两个案子有联系。"

"也许你是对的。"

"没有也许，米米。接着，他们在圣菲利波的帮助下把这个地方清理干净，带着圣菲利波一起走了。也许是借口要换一间办公地点，进入了他的公寓，做了和在格利佛夫妇公寓同样的事情。

比如，拿走电费和电话账单。事实上，他们没能找到。至于圣菲利波，他们很晚才送他回家，然后……"

"有什么必要把他送回家呢？不管他们把他带到哪儿，都可以杀了他。"

"同一座楼三个人神秘失踪？"

"也真是啊。"

"圣菲利波回到家是将近早上了，他从自己的车里出来，把钥匙插进门里。在等着他的某个人就喊了他一声。"

"那我们需要做些什么？"短暂停顿后，奥杰洛问道。

"我不知道，"蒙塔巴诺回答，"首先我们可以离开这个地方，没有必要求给法医科打电话提取指纹。他们把在每个角落都用碱液擦洗过了，包括天花板。"

他们上车离开了。

"你确实有生动的想象力。"米米回想了一下警长的案情重构，评论道，"退休后你写小说吧。"

"我完全可以写推理小说，但不值当的。"

"为什么这么说？"

"因为一些评论家和大教授，或者未来的某些评论家和大教授，都认为推理小说是二流体裁。事实上，在文学史里，它们甚至都没被提到过。"

"你到底在乎什么啊？你想被载入文学史，与但丁和曼佐尼比肩？"

"愧不敢当。"

"所以就写呗，就当给自己找乐子。"

短短停了一下之后，奥杰洛又开始说了。

"这意味着，我昨天一整天都浪费了。"

"为什么？"

"为什么？你什么意思？你忘了吗？我们想到圣菲利波可能是因婚外情被杀，昨天我一直在收集因格尔医生的信息。"

"噢，是的。无论如何，告诉我一些他的信息吧。"

"他是世界级名医。在维加塔和卡尔塔尼塞塔之间，他有一家独家诊所，只有少数贵宾才有资格就诊。我从外面看了看，那是一间很大的房子，被高墙围着，还有很大的院子。他们甚至可以在那里降落直升机。外面布置了两个武装警卫，我问了一些问题，他们告诉我，诊所当时不营业。无论如何，医生可以去他喜欢的地方做手术。"

"他现在在哪儿？"

"你知道吗？我那位认识他的朋友说，他正躲在位于维加塔和桑托利之间的海滨别墅。他这段时间日子过得不好。"

"也许他发现了妻子的婚外情。"

"也许吧。我朋友还说，两年多以前，医生还经历过一段糟糕的日子，但后来恢复过来了。"

"显然。他在那个时候遇到了自己美丽的妻子。"

"不是的，萨尔沃，别人告诉我当时有一个更充足的理由。不是确凿事实，只是谣传啊。不过，他显然入不敷出了。为了买一幅画需要一大笔钱，他没有现金，他开了几张空头支票，还有人威胁他要上法院。后来他还了钱，一切都回到了正常。"

"他把那些画放在哪儿？"

"在一个地下室。在家里他只悬挂复制品。"

又沉默了一下之后，奥杰洛谨慎地问："所以，你从英格丽那儿得到了什么了？"

蒙塔巴诺恼了。"我不喜欢谈这些，米米。"

"我只是想问你，有没有发现因格尔的妻子万尼亚的消息！"

"英格丽知道万尼亚有个情人，但不知道他的名字。事实上，她觉得自己的朋友与被杀的圣菲利波之间没有任何关系。不管怎样，万尼亚离开了，她回罗马尼亚探望生病的父亲去了。她是在情人被杀之前离开的。"

他们到了警局，停下车。

"只是出于好奇，你看了圣菲利波的小说吗？"

"相信我，我没时间细看。我迅速翻阅过一遍。有些奇怪：有的部分写得很好，另外一些很糟糕。"

"今天下午你能把它拿给我吗？"

※

他们往里走的路上，蒙塔巴诺注意到加鲁佐在接线总机那里。

"坎塔雷拉在哪儿？今天早上以后我就没见过他了。"

"他被召到蒙特鲁萨去了，警长，接着参加电脑培训，他大概今天晚上五点半左右回来。"

"所以我们应该怎么继续呢？"米米跟着上司进入办公室，问道。

"听着，米米，局长命令我只能管一些小事。在你看来，格利佛和圣菲利波谋杀案是小事还是大事？"

"大事。真的很大。"

"所以这不是我们的工作。我想让你给我写一份报告，你只需要陈述事实，而不是我的猜想。那样他就会分配给机动小组队长了。前提条件是，队长的腹泻或者别的什么病已经好了。"

"这是要给那些家伙提供一个热点案件吗？"奥杰洛反应过来。"他们连感谢都不会给我们的！"

"你这么在意会不会被感谢吗？好好写报告吧。明早给我签字。"

"好好写是什么意思？"

"意思是，要往里面加一些赘词，比方说'据此推断''换言之''如前所述''根据当前情况'等等。这样他们就会感觉到语言很亲切，把它当自己的事认真办了。"

※

他休息了一个小时，然后给法齐奥打了电话。

"夏匹尺诺有什么消息吗？"

"没有。官方的说法是，他仍然在逃。"

"那个自焚的失业者现在怎么样了？"

"好点儿了，但他还没有脱离危险。"

接着，加洛进来告诉他，又一伙阿尔巴尼亚人从集中营——或者叫"接待营"——里逃出来了。

"你追捕到他们了吗？"

"一个也没捕到，头儿，而且也没人能找到他们。"

"为什么不能？"

"因为是本地阿尔巴尼亚人秘密安排的。我在蒙特鲁萨的一个同事不同意。他说逃出来后，他们会回到阿尔巴尼亚，因为经过全面考虑，他们发现还是老家好。来这里一百万里拉，回去要两百万，船夫们总能大赚一笔。"

"这是笑话吗？"

"我不这么认为。"加洛说。

电话响了，是英格丽。"我给你找到了万尼亚的号码。"

蒙塔巴诺把号码写了下来。英格丽没有说再见，而是说："我和她谈了谈。"

"什么时候？"

"给你打电话之前，我们谈了很长时间。"

"我们应该见个面吗？"

"是的，我觉得那样最好，我把我的车开回来了。"

"好的，这样你就能给我换绷带了。一点钟圣卡洛杰罗餐厅见。"

英格丽的声音听起来不大对劲，她似乎陷入了困境。

※

在上帝赐予她的众多礼物当中，英格丽还有一个守时的好习惯。他们走进餐厅，警长发现的第一件事就是，米米和贝巴两人坐在一张四人桌上。奥杰洛匆匆站起来。尽管长了一张一家之主派头的扑克脸，他还是微微脸红了。他挥手邀请警长和英格丽坐过去。几天前的场景反转了。

"我们不想打扰你们……"蒙塔巴诺假惺惺地说。

"但这根本就不是打扰！"米米更加假惺惺地回答道。

两个女人微笑着做了自我介绍。她们交换的微笑开放而真诚，警长感谢了上帝。跟两个合不来的女人一起吃饭会是一种严酷的考验。但蒙塔巴诺敏锐的侦探眼力注意到了一些令他不安的东西：米米和比阿特丽斯之间的关系多少有些紧张。可能只是因为自己在场？他们都点了同样的菜：海鲜开胃菜和一大盘烤鱼。烤鱼吃到一半的时候，蒙塔巴诺确认了自己的感觉，贝巴当时肯定是在和米米争吵，而他和英格丽打断了他们。天呐！他必须确保这两个人在他们离开餐桌之前和好。他正绞尽脑汁试图想出解决方法。这时，比阿特丽斯突然把手轻轻地放在米米的手上，奥杰洛看着那个女孩，女孩也回望着他。短短几秒钟的时间，他们沉浸在彼此的眼神里。和解了！他们和解了！警长的这顿饭总算是能吃得香了。

※

"咱们各自开车去马里内拉吧，"离开餐厅的时候，英格丽说。"我必须尽快回蒙特鲁萨，我有约了。"

蒙塔巴诺的肩膀感觉好多了。换绷带的时候她说："我有点困惑。"

"因为一个电话？"

"是的。你看……"

"晚一点吧，"警长说。"我们晚一点再谈。"

他正沉浸在英格丽按摩到他皮肤上的药膏带来的清凉中。为什么不承认呢？他喜欢这个女人的手近乎爱抚地触碰他的肩膀、手臂和胸部。突然间，他意识到自己正闭着眼坐在那里，就要像猫一样喵喵叫了。

"好了。"英格丽说。

"让我们去阳台上吧。喝点儿威士忌吗？"

英格丽同意了。他们盯着大海安静地坐了一会儿，接着警长开始说了："你是怎么突然想起打电话给她的呢？"

"哦，那是一时冲动，真的，那时我正在翻名片给你找她的号码。"

"好的，继续。"

"当我说是我的时候，她似乎吓坏了。她问我是不是发生了什么事。我觉得正处在一个尴尬的境地。我不知道她是不是知道情人被谋杀了，但不管怎么样，她从来没有告诉过我他的名字。所以我回答说，不，什么也没发生，我只是想知道她过得怎么样。然后她说她会离开很长时间，接着她开始哭了。"

"她解释她为什么离开了吗？"

"嗯。我会尽量按顺序给你讲，不过她给我讲的时候很零散，难以听明白。一天晚上，万尼亚知道她的丈夫要出门离开几天，就把情人带到了桑托利附近的别墅，就像她之前做过的许多次一样。他们睡觉时被突然进入卧室的人叫醒了。那个人是因格尔医生。"

"所以那是真的。"他嘀咕道。

"万尼亚说她丈夫和那个男孩彼此看了很长时间。接着医生说跟我来，然后他就走进了客厅。那个男孩一句话也没有说，穿上衣服跟着医生去了。让我朋友最震惊的是，她有一种两个人已经认识的感觉，而且彼此很熟悉。"

"等一下。你知道万尼亚和内恩·圣菲利波第一次是在哪儿见面的吗？"

"嗯，我问她是不是恋爱了，那时她就告诉我了，正好是她离开之前不久。他们是偶然碰见的，在蒙特鲁萨的一个酒吧。"

"圣菲利波知道你朋友的丈夫是谁吗？"

"知道，万尼亚告诉他了。"

"继续说。"

"接着她的丈夫和内恩，万尼亚在这个时候告诉我他的名字叫内恩，她的丈夫和内恩回到卧室，然后……"

"她说他的名字时用了 is？她用了一般现在时？"

"是的，我自己也注意到了。她还不知道她的情人被杀了。所以，就像我说的，这两个人回来了，然后内恩眼睛低垂着，咕哝说他们的关系是一个严重的错误，是他的错，他们永远也不要再见面了。接着他走了。过了片刻，因格尔也走了，一句话没说。万尼亚不知道如何是好，她对内恩的冷漠感到失望。她决定待在别墅。第二天上午晚些时候，医生回来了。他告诉万尼亚，她必须马上收拾行李回蒙特鲁萨去，飞往布加勒斯特的机票已经为她订好了。天一亮会有人开车送她去卡塔尼亚机场。那天傍晚，万尼亚被独自留在房子里，她试着打电话给内恩，但是联系不上。"

第二天早上她就离开了。对她的朋友们，包括我，她解释离开的原因是父亲病了。她甚至告诉我，她的丈夫来告知她必须离开的时候，他并没有怨恨或被冒犯或愤怒的感觉，有的只是担心。然后，昨天医生打电话给她，建议她尽可能长时间别回这里。情况就是这样。"

"但你为什么觉得困惑呢？"

"因为……在你看来，丈夫在自己的房子里捉奸在床，这是丈夫的正常反应吗？"

"你自己说的，他们从来没有爱过彼此！"

"那个年轻人的行为在你看来正常吗？你什么时候起从西西里人变得比瑞典人还瑞典人了啊？"

"看，英格丽，万尼亚也许是对的，因格尔和圣菲利波认识彼此……那孩子电脑很溜，在蒙特鲁萨的诊所里肯定有很多电脑。内恩最开始勾搭万尼亚的时候不知道她是医生的妻子。当他发现了之后，也许是她告诉了他，他们已经迷恋上对方了。这太清楚了。"

"呸！"英格丽怀疑地说了一句。

"看，那孩子说他犯了一个错误。他是对的，因为他肯定丢了工作。医生把妻子送走，因为他害怕后果，闲言碎语……比方说，相约私奔……最好不让他们有这个机会。"

看着英格丽在看他的表情，蒙塔巴诺明白了，她不相信他的解释。但性格使然，她并没有问更多的问题。

※

英格丽离开之后，他继续坐在阳台上。拖网渔船划破黑暗，开始出港捕鱼。他什么也不想思考。接着他听到一段和谐的声音，就在附近，有人在轻轻地吹口哨。是谁？他向四周看了看，没人。是他自己！他是那个正在吹口哨的人！一意识到这一点，他就不能吹口哨了。有时候他就像化身博士一样。真的可以吹口哨了。他开始大笑。

"化身博士。"他咕哝着说。

"化身博士。"

"化身博士。"

第三次说的时候，他再也不笑了。他严肃了起来，额头有些冒汗。他往杯子里倒满了纯威士忌。

※

"头儿！头儿！"坎塔雷拉在后面追着他喊。"从昨天我就拿着这封信等着你亲自看呢。"

他从夹克口袋掏出来交给蒙塔巴诺。警长打开信。

尊敬的警长，你认识的那个人，我的客户和朋友，本来想写封信向你表达他对你与日俱增的钦佩之情。但是他改变了主意，相反让我转告您，他会打电话给您。

致敬

加塔达罗

他把信撕成碎片，然后进了奥杰洛的办公室。米米坐在办公桌旁。

"我在写报告。"他说。

"他妈的！"蒙塔巴诺说。

"怎么了？"奥杰洛担心地问。"我不喜欢你脸上的表情。"

"你给我带来了那本小说吗？"

"圣菲利波的那本？带了。"

他指着桌子上的一个大信封。警长拿起来夹到腋下。

"怎么了？"奥杰洛坚持问。

警长没有回答。"我要回马里内拉的家。别让任何人给我打电话。我会在半夜回到局里。希望你们都在这儿。"

17

　　他原本想回马里内拉，开始好好看那本小说。但刚从警局出来，那个念头就如同一阵风一般飘散了，仿佛从未存在过一般。

　　蒙塔巴诺开车朝港口方向驶去，快到时，他停下车，从车里走了出来，手上拿着一个信封。

　　事实上，他现在还没办法鼓足勇气开始读这本小说，他内心充满恐惧，万一这部作品验证了英格丽离开后闪现在他头脑中的念头怎么办？

　　他谨慎而缓慢地朝灯塔走去，随后在一块平坦的岩石上坐了下来，一股浓烈刺鼻的味道涌入鼻腔，岩石浸在海水中的部分已经长满了绿色的苔藓。

　　他抬手看了看手表，灯塔还有一小时就要熄了，如果真想看的话，现在就应该开始了。但显然，他现在还没有做好准备。万一读完后发现，圣菲利波的这部作品根本一文不值，那又该如何？或许他就是个狂热的业余写手，学过语法就狂妄地以为自己有写小说的才能？后来他根本就没有再学过，现在可以检验一下，看看这些年是不是有什么长进。

　　信封一直紧紧握在手里，他终究还是没有下定决心，起了一身的鸡皮疙瘩。他想还是回到马里内拉后，坐在家里的阳台上看吧，在那儿也可以闻见同这里一样的大海的味道。

※

粗略一看，他发现内恩·圣菲利波为了掩盖真相，用了在拍摄万尼亚裸体时同样的手法。拍摄时，影片用了二十多分钟的《赌命鸳鸯》，小说的前几页则完全是从一本著名小说——阿西莫夫的《我，机器人》——中摘抄来的。

蒙塔巴诺已经看了两个小时了，越往后看，他对内恩·圣菲利波所要讲述的东西就越清晰，手边的威士忌也一杯一杯不停地往肚里灌了下去。

小说没有结局，有个句子还没写完就结束了。但是，读到的东西对他来说已经足够了。一阵恶心在胃里翻涌，随后上升至喉咙。他跑进浴室，双腿无力，直接跪在马桶前开始呕吐。刚刚喝的威士忌、当天吃过的东西、前一天吃过的东西，统统都吐干净了。他满头大汗，感到一阵剧痛，仿佛把一辈子吃过的东西都呕吐出来了，婴儿时期喝过的母乳，现在的厌恶和仇恨，都一并吐了出来。

他站了起来，双腿晃晃悠悠坚持走到了水槽旁。他想自己应该是发烧了，于是把头伸到水龙头下冲了冲。看来是自己太老了，都快胜任不了警察这个职业了，他咕哝着。随后躺在床上，闭上了眼睛。

※

他并没有睡多长时间，当他站起身时，只感觉天旋地转，但是之前盲目的愤怒现在变成了清醒的决心，于是他打了个电话到办公室。

"喂？喂？这里是维加塔警局。"

"我是蒙塔巴诺，坎塔。让奥杰洛警官接电话，如果他在的话。"

"他在。"

"什么事，萨尔沃？"

"米米，你仔细听我说，我想让你和法齐奥现在立刻开车去一趟圣托利，看看因格尔医生的别墅有没有被人监视，但注意不要开警车。"

"被谁监视啊？"

"米米，不要问其他的，如果被监视了，那肯定不可能是咱们干的。你得想方设法弄清楚，看看医生是独自一人，还是和别人待在一起，时间不是问题，务必要查清楚。另外，我之前让召集所有人今天晚上开会，现在已经没有必要了，你通知大家会议取消。你们在圣托利完事儿之后，让法齐奥先回家，你来马里内拉把你们的调查结果告诉我。"

※

他刚挂断就有人打进电话来了，是利维娅。

"你这个时候怎么就已经回家了呢？"她问道。

可以听出来，她很开心，甚至可以说是惊喜。

"既然你知道一般这个时候我都不在家，那你为什么还打过来呢？"

他没有直接回答，而是反问了一句。但后来他并没有多说什么，利维娅那么了解他，说多了一定会察觉到有什么地方不对劲。

"你知道吗，萨尔沃？一个多小时之前发生了一件怪事，之前从来没有发生过，或者说从来没有像这次这么强烈过，很难解释。"

这回是利维娅欲言又止了。

"说来听听。"

"嗯，我感觉你就在我身边一样。"

"抱歉，我……"

"好吧，事情是这样，我今天走进家门，出现在我眼前的不是我家的餐厅，竟然是你家的餐厅，呃，这么说也不太准确，因为房间的确是我的房间，但同时我也看见了你的房间。"

"像是做梦一样？"

"没错，有点儿像是在做梦。从那之后，我感觉自己被分裂成了两部分，一部分留在鹿嘴村，另外一部分在马里内拉，和你待在一起。这种感觉，真是……太奇妙了。我现在打电话是因为我知道你在家。"

为了隐藏情绪，蒙塔巴诺试着开了个玩笑。

"事实上，是你自己太过好奇了吧。"

"好奇什么？"

"想看看我房子的布局？"

"但是我已经……"利维娅瞬间反应过来了。

她没再说下去，突然想起他说过要跟她订婚，一切从头开始。

"那个我倒真的想看看呢。"

"那你为什么不自己过来一趟呢？"

他没控制好自己的语气，利维娅已经察觉到问题了。

"你怎么了，萨尔沃？"

"没事儿，今天碰上了一个紧急案件，心情不太好，不过总会过去的。"

"你是真的想让我过去吗？"

"当然。"

"那我就坐明天下午的航班吧。我爱你。"

※

在等米米的空当，他得找种方式来打发时间。尽管之前已经将肚子里的东西都吐光了，但他现在还不想吃东西。他的手不由自主地伸往书架上拿了一本书下来。他看了一眼书名：约瑟夫·康拉德的《密探》。他记得自己之前很喜欢这本书，但内容基本忘光了。一般来说，在这种情况下，只要重新读一遍小说的开篇或结尾部分，他就会一点点忆起小说的全部内容，人物、场景、用词也会慢慢浮现在脑海中。

书的开篇讲道，维罗克先生早上出门后，将店铺名义上托付给了妹夫管理，但看了这些他还是记不起来，于是只好接着往下看。书的结尾是这样写的，寓意很深刻：他意外离开了人世，就像一只生活在人满为患的大街上的害虫一般。

然后他回想起了书中的一句话：不要为地球上的任何东西感到遗憾，包括自己，以及为人类服务而牺牲的所有人……想到这里，他的手仿佛受到身体内某种力量的指引，使他急忙把书放回了原位。

他在扶手椅上坐下，打开了电视。电视上出现的画面是集中营中的囚犯，但并不是希特勒时代的集中营，而是当代的。具体地点还不清楚，因为在世界各地，人类恐惧的面孔都是一样的。他把电视关了，走到阳台上坐下，盯着大海发呆，试着将自己的呼吸跟上波浪的节奏。

※

这是门铃还是电话铃声呢？他看了看表，刚过十一点，应该不是米米。

"喂，我是西纳格拉。"

电话里是巴都乔·西纳格拉虚弱的声音，每次听起来就好像风中的蜘蛛网，随时会被吹破。

"西纳格拉，如果有话想跟我说的话，你直接打电话到警局吧。"

"等等，怎么，你怕了？我这边的电话可没装窃听器，除非你的电话装了。"

"你想干什么？"

"我想告诉你，我现在感觉非常难受。"

"就因为你现在还没听到心爱孙子的消息吗？"

果然是一语中的。顿时，巴都乔·西纳格拉沉默了好一阵，随后喘了口气。

"我相信，不管我的孙子在哪儿，他的情况肯定比我好。我的肾已经没用了，除非是做肾移植，否则肯定要没命了。"

蒙塔巴诺没接话，任由他沉浸在自己的情绪里自说自话。

"你知道，"老头接着说道，"有多少跟我一样的病人等着做手术吗？十万多个啊，警长。就在你苦苦等着轮到自己的时候，说不定哪天就死了。"

看来老头不愿再想下去了，决定说点儿跟主题相关的了。

"手术前，你还得确保给你做手术的医生医术高明，为人可靠……"

"就像因格尔医生那样？"

警长首先谈到了正题，这样西纳格拉手里没有什么可以威胁蒙塔巴诺了，他再也不能说蒙塔巴诺警长就像自己手里的木偶一般了。

"警长，你太聪明了，"他说道，"我不得不由衷地赞美你。"

随后，他继续说道："因格尔医生的确是不二人选。但我听说他在蒙特鲁萨的诊所就要关门了，好像是他的身体也不太好，真是个可怜的家伙。"

"医生们是怎么说的？他的病严重吗？"

"他们也不知道，在确定治疗方案之前会有答复的。一切都看上帝的了，亲爱的警长。"说完之后就挂了。

门铃响了，那时他正煮着一壶咖啡。

※

"别墅没有人监视，"米米进门的时候说道，"直到大概半个小时之前，也就是我离开那儿来这之前，他都是自己一个人。"

"期间应该有人去找过他。"

"如果有的话，法齐奥会打电话给我。不过，你现在得告诉我，你为什么突然对因格尔医生这么上心了？"

"因为他们依旧将他拘禁着，既没有决定放他走，也没有像杀害格利佛夫妇和内恩·圣菲利波一样处死他。"

"所以说医生也卷入这案子了？"米米惊讶地问道。

"他也牵涉进来了，是的。"蒙塔巴诺说道。

"你在说谁呢？"

一棵树，撒拉森橄榄树，这个才是正确答案，但这样告诉米米的话，他一定会认为自己疯了。

"英格丽之前打电话给了万尼亚，把她吓得要死，因为有些事她没搞清楚。比如说，内恩是认识那位医生的，但却从来没有告诉她任何信息。还有就是，当她丈夫抓到自己和情人偷情时，他并没有生气或是伤心，只是很担心。就在今晚，我已经从巴都乔·西纳格拉的话里得到证实了。"

"我的天！"米米说，"西纳格拉到底想干什么？他为什么要告密？"

"他并没有告密，他告诉我自己需要做肾移植手术，当我提到因格尔医生的名字时，他也认可了。但他还说，那位医生的身体不太好。你也说过，记得吗？只是他所说的身体不太好跟你的意思不太一样。"

咖啡已经煮好了，他们一人倒了一杯喝起来。

"你看，"警长继续说道，"内恩·圣菲利波把整个故事都记录下来了，事情再明了不过。"

"记录在哪里？"

"在这本小说里。他最开始从一本著名小说中摘抄了几页，然后讲述了一个自己的故事，结尾部分又是从那本小说里摘抄的。关于机器人的故事。"

"一部科幻小说罢了。"

"那样你就中圣菲利波的圈套了。他给机器人起名叫 $\alpha 715$ 或是 $\Omega 37$，看上去只是用金属和电路做成的机器人，但会像人类一样思考。圣菲利波的机器人世界简直是人类世界的复本。"

"小说讲了些什么？"

"这是一个关于年轻机器人 $\delta 32$ 的故事，他爱上了一个名叫 $\gamma 1024$ 的女机器人，而这位女机器人嫁给了另一位世界知名的机器人 $\beta 5$，他知道如何用新的机器人部件替换坏的机器人部件。这位外科机器医生，我们暂且这样称呼他吧，总是需要钱，因为他对昂贵的名画有着近乎狂热的追求。有一天，他背上了一笔根本无力偿还的债务。于是，一个罪犯机器人，也就是一个黑帮头领，帮了他一把。他们能够帮助他还清债务，条件是他要为他们选定的客户做秘密移植手术，那些客户都是世界各地有钱有势的一流人物，不想浪费时间轮流等待合适的器官来源。那位机器医生就问，如何才能在第一时间获得合适的备件呢。他们告诉他说，那根本就不是问题，他们知道怎样找到备件。他们到底是怎么做到的呢？原来，他们是通过拆卸正常机器人来获得需要的部件。报废的机器人然后就被扔进大海，或埋在地下。那位名叫 o1 的头领说，他们可以为任何客户服务。世界上，有的是人被囚禁在监狱或是特殊营地中。那些营中都有我们的机器人，每个营地附近都有一个着陆带，你看到的这些只是其中的一小部分，我们的组织遍布全球。

于是，β5 接受了条件，β5 的请求将会传达给 o1，而他将会传达给 δ32。δ32 通过一个高度发达的因特网系统，最终将会传达给做手术的人这里。到这儿，小说就完了，内恩还没来得及将结局写出来，但 o1 已经将结局呈现在现实中了。"

米米坐着想了很久，很显然，他还没有完全吃透蒙塔巴诺刚刚讲述的这段话的真正含义。之后，他终于弄明白了，脸色苍白，低声问道："机器人婴儿自然也是可以的。"

"自然可以。"警长确认道。

"那在你看来，故事接下来会如何发展？"

"你必须记住一个前提，组织这整件事情的人是要承担可怕的责任的。"

"我知道，你是说，那些死亡的……"

"不仅仅是那些已经死去的，米米，还有那些活下来的。"

"活着的？"

"当然，就好比说那些经历过手术后活下来的人。他们已经付出了可怕的代价，当然我说的并不只是金钱，我指的是另外一条生命的丧失。一旦事情被曝光，他们肯定就完了，不论曾经的地位多么显赫，不论他们是政府部门、工业帝国、银行集团的一把手，事情暴露以后，他们肯定是永远也别想抬起头做人了。所以，在我看来，事情应该会这样发展：某天，有人发现了圣菲利波同那位医生的妻子间的不正当关系。那时，万尼亚就成为了组织中的一个危险因素。她代表着外科医生和犯罪组织的潜在联系。这时候应该怎么办呢？杀了万尼亚吗？显然不行，那样的话，医生肯定摆脱不了谋杀罪调查。最好的办法就是封掉维加塔警局。首先，他们把妻子不忠的事实告诉了那位医生，想来他从万尼亚的反应中应该也知道了，然而，万尼亚却对整件事情毫不知情。她被送回了老家，组织切断了她所有的退路：比如说格利佛夫妇或者圣菲利波……"

"他们为什么不将那个医生也杀了呢？"

"因为他对他们还有利用价值。他的名字在客户面前就是一个保障，一个招牌。所以，他们决定看看事态发展，如果最后事态平息了，他们还是会继续让他出来做手术；如果事态恶化，就把他杀了。"

"那你决定怎么办？"

"我还能做什么？现在什么也做不了。回家吧，米米，多谢。法齐奥还在圣托利吗？"

"是的，他还在等我的电话呢。"

"现在打电话给他吧，告诉他可以回家睡觉了，明天早上再看看怎么继续监视。"

米米给法齐奥打完电话后说道："他现在就回家，没什么新进展，医生一直一个人待着，现在正在看电视。"

※

凌晨三点，因为外边有点凉，蒙塔巴诺警长披了件厚夹克，上了车。之前他假装出于好奇，向米米要了因格尔医生别墅的具体位置。

在开车去那儿的路上，他又回想了一遍米米听完那个移植故事之后的表情。他自己当初就好像中风了一般，而米米只是脸色苍白，但并不伤心。难道这是因为他自制力比较强？还是他不够敏感？不对，原因应该很简单，他们年龄不一样。他已经年近半百，而米米才三十岁。米米还有希望等到千禧年的到来，而自己则绝无可能。米米自然也意识到了，自己已经进入了一个残酷犯罪的时代。匿名的罪犯利用网络从事活动，再也不需要自己亲自露面。唉，看来还是自己太老了。

他在离别墅二十米开外的地方停了下来，关掉车灯，在车上等了一会。他通过双筒望远镜仔细研究了这个地方，窗户中没有一丝光线透出来，看来因格尔医生已经上床睡觉了。

他下了车，蹑手蹑脚地向大门走去。他在门口待了大约十分钟，一动不动。期间，没有人走过来，也没有人从屋里问他找谁。于是，他用手电筒检查了一下门上的锁，发现并没有安装报警系统。这可能吗？然后，他意识到因格尔根本不需要任何安保系统。有那样一群朋友，只有傻子才会蠢到去他的别墅抢劫。他费了好一会儿功夫才将门锁打开。

大门内是一条宽阔的车道，两边种着两排树木，花园里的一切都井井有条。院里没有狗，因为通常在这个时候，它们应该已经出来咬他了。之后，他用撬锁工具打开了前门，一个大门厅通向一个四周全是玻璃幕墙的客厅和其他房间，卧室在楼上。他踩着厚厚的软地毯，沿着豪华楼梯来到了二楼。第一个房间没有人，第二个房间传来沉重的呼吸声。警长用左手摸索着灯的开关，右手拿着一支手枪。他动作慢了一步，其中一个床头柜上的台灯已经亮了。

因格尔医生躺在床上，穿着整齐，甚至鞋子都没脱。对于在自己的房间里看到一个持枪的陌生男士，他丝毫没有感到惊讶。显然，他已经预料到了。房间太过封闭，透出一股难闻的汗臭味和腐臭味。因格尔医生的样子和警长之前在电视上看过两三次的那个人完全不同，他胡子拉碴，眼睛通红，头发也因为很久没有打理而乱糟糟的。

"是决定要杀我了吗？"他低声问道。

蒙塔巴诺没有回答，依旧站在门口没有动。拿着手枪放在身侧，但可以看清楚整支枪。

"你们犯了一个错误。"因格尔说。

他的手伸向床头柜，蒙塔巴诺从万尼亚的录像带中看到过这个床头柜，他是要去拿那儿的一个水杯，喝了一大口水，还洒了一些在身上。他的手在颤抖，然后把水杯放回了床头柜，重新开口说道："我对你们还有利用价值。"

他把脚放到了地上，"你们去哪里找像我这样医术精湛的人呢？"

"论医术精湛，未必；但比你诚实的人肯定可以找到。"警长心想，但并没有说出口。他完全是自作自受，或许还可以将他往前推一推。这时候，医生已经站起来了，蒙塔巴诺慢慢抬起手枪，指向了他的脑袋。

然后就好像有人切断了那根一直支撑着他的看不见的绳子，他双膝跪地，双手交叉合拢在祷告。

"可怜可怜我吧！可怜可怜我！"

可怜你？你又何曾可怜过那些被无辜残杀的人呢？

医生一直哭个不停，眼泪和口水都流到了胡子上。这位康拉德式的角色可曾想到过这般结局呢？

"我可以给你钱，只要你放我走。"他小声说道，从口袋里掏出一串钥匙，递给了站着一动没动的蒙塔巴诺。

"这些钥匙……你可以开门，我收藏的画都在……一大笔……那样你就有钱了……"

蒙塔巴诺再也控制不住自己了，他往前走了两步，抬脚踢在医生的脸上，那家伙随即尖叫着朝后倒去。

"不，不，不能这样。"

他将脸埋在手掌中，鼻血从手指尖流过。蒙塔巴诺再次抬起脚。

"够了！"他身后有个声音喊道。

他突然转过身，门口站着奥杰洛和法齐奥，两人手里都握着枪。他们彼此交换了下眼神，随后，表演开始了。

"警察。"米米说。

"我们看见你私闯民宅。"法齐奥说。

"你是要杀他，对吗？"米米说道。

"把枪放下！"法齐奥命令道。

"不！"警长大喊了一声，随后抓住了因格尔的头发，把他拽到了脚边，用枪指着他的头。

"如果你们再不出去，我就杀了他！"

好吧，这样的场景他们在美国电影中肯定都看过上千次了，但是，从现在的情况看，他们的即兴创作还算令人满意。现在，按照剧情设定，应该是因格尔医生发言的时候了。

"别走！"他恳求道，"我把一切都告诉你们！我坦白，救救我！"

法齐奥跳过去，一把抓住蒙塔巴诺，而奥杰洛按住了因格尔。法齐奥和警长假装扭在一团，最后法齐奥占了上风。奥杰洛最终控制住了局面。

"把他铐上！"他命令道。

但警长还得给出指示，因为演出不能穿帮，得按照剧本走。

他一把抓住法齐奥的腰，法齐奥一脸惊异的表情，就这样让他把枪夺了过去。蒙塔巴诺朝他们开了一枪，然后逃走了。奥杰洛放开了医生，一脸痛苦地捂着胳膊追了出去。蒙塔巴诺在楼梯上绊了一跤，朝地上摔去，这时又开了一枪。米米仍喊着："站住，不然我就开枪了"，另一边却将他扶了起来，两人一同走出了房子。

"他吓得都尿裤子了。"米米说。

"很好，"蒙塔巴诺说："把他带到蒙特鲁萨中央警局。你在去的路上，刻意在某些地方靠边停车往四周看看，好像是在检查一下是不是有伏击。把他带到局长面前之后，他应该就会把一切都交代清楚了。"

"那你怎么办？"

"我当然是逃跑了。"警长说，还不忘又向空中开了一枪。

※

在开车回马里内拉的路上，他突然改变了主意，将车子掉头往蒙特鲁萨方向开去，最后在他的朋友尼科洛·齐托家外停了下来。在按响门铃之前，他看了下表，现在已经将近凌晨五点了。他按了三次门铃，尼克洛才来应门，半睡半醒，还有点恼怒。

"是我，蒙塔巴诺，我想跟你谈谈。"

"在楼下等我，不然整个房子里的人都被你吵醒了。"

几分钟之后，蒙塔巴诺就坐在楼梯上把整个故事都告诉齐托了，齐托会时不时打断他。

他时不时说句"等等！"或者"哦，天哪！"他偶尔需要停下来消化一下，整个故事就这样屏气凝神地听完了。

"你需要我做什么？"警长讲完之后，齐托问。

"今天早上，你做一个特别报道，但别说得太过详细，就说因格尔医生因为涉及非法器官交易被捕。你得把新闻做大，确保全国性的报纸和网站都开始关注这个新闻。"

"你在害怕什么呢？"

"我怕他们把整件事情压下来，因为因格尔有些手眼通天的朋友。另外，在午间一点档新闻里，你报道另一条新闻，不用讲太清楚，就说逃亡在外的雅各布·西纳格拉，也叫夏匹尺诺，已经被杀，显然与因格尔医生效力于同一组织。"

"这是真的吗？"

"我想应该是真的，我基本上可以断定，这就是他爷爷——巴都乔·西纳格拉，杀他的原因。提醒你一下，不是因为道德品质的原因，而是因为他与新兴黑手党合伙，随时会找他爷爷的麻烦。"

※

他一直忙到早上七点才抽出个空躺下，他决定睡整个一上午，下午他还得开车去巴勒莫接利维娅，她可是从热那亚远道而来。刚睡了两个小时，他就被电话铃吵醒了，打电话来的是米米。

但警长首先开口说道："为什么昨晚你们这群家伙要跟着我，我可是尽力在……"

"尽力在掩人耳目吗？"奥杰洛将他未说完的话脱口而出。"但是，萨尔沃，你又是怎么断定我和法齐奥不知道你在想什么呢？是我命令法齐奥不要离开那栋别墅的，我们知道你迟早都会去的，于是当你走出房门的时候，我已经跟着你了。我可以说，我们做的事儿都是正确的。"

蒙塔巴诺没有否认，而是转换了话题。

"进展怎么样？"

"萨尔沃，你知道吗？简直比马戏团还要精彩。他们一个个轮番上阵：局长、首席检察官都出动了……那位医生只能一遍一遍说个不停……等会儿我会去你办公室，把整件事的来龙去脉都讲给你听。"

"我的名字从头到尾都没有出现吧？"

"没有，不用担心。我们解释说是恰巧路过别墅，看到大门和前门开着，由此引起了怀疑。但不幸的是，杀手逃脱了。待会儿见吧。"

"今天我不去警局。"

"那就不巧了，"米米说道，"我准备明天不去警局了。"

"你要去哪儿？"

"去丁达利，因为贝巴要和往常一样去那儿工作……"

或许在路上，他会给自己买一套厨具。

在蒙塔巴诺印象中，只记得丁达利那个神秘的小希腊剧院，以及状似粉色手指的海滩……如果利维娅要在这边待上几天的话，带她去丁达利玩一趟应该也是个不错的主意吧。